ICI VIVENT LES MONSTRES

BUFFY CONTRE LES VAMPIRES AU FLEUVE NOIR

1. *La Moisson*
   Richie Tankersley Cusick
2. *La Pluie d'Halloween*
   Christopher Golden et Nancy Holder
3. *La Lune des coyotes*
   John Vornholt
4. *Répétition mortelle*
   Arthur Byron Cover
5. *La Piste des guerriers*
   Christopher Golden et Nancy Holder
6. *Les Chroniques d'Angel I*
   Nancy Holder
7. *Les Chroniques d'Angel II*
   Richie Tankersley
8. *La Chasse sauvage*
   Christopher Golden et Nancy Holder
9. *Les Métamorphoses d'Alex I*
   Keith R.A. DeCandido
10. *Retour au chaos*
    Craig Shaw Gardner
11. *Danse de mort*
    Laura Anne Gilman et Josepha Sherman
12. *Les Chroniques d'Angel III*
    Nancy Holder
13. *Loin de Sunnydale*
    Christopher Golden et Nancy Holder
14. *Le Royaume du mal*
    Christopher Golden et Nancy Holder
15. *Les Fils de l'Entropie*
    Christopher Golden et Nancy Holder
16. *Sélection par le vide*
    Mel Odom
17. *Le Miroir des ténèbres*
    Diana G. Gallagher

18. Pouvoir de persuasion
Elizabeth Massie
19. Les Fautes du père
Christopher Golden
20. Les Sirènes démoniaques
Laura Anne Gilman et Josepha Sherman
21. La Résurrection de Ravana
Ray Garton
22. Ici vivent les monstres
Cameron Dockey
23. Les cendres de Salem (octobre 2001)
Diana Gallagher
24. Ce mal que font les hommes (novembre 2001)
Nancy Holder

Buffy contre les vampires™

CAMERON DOCKEY

ICI VIVENT LES MONSTRES

D'après la série télévisée créée par Joss Whedon.

FLEUVE NOIR

Titre original :
Here Be Monsters

Traduit de l'américain par
Patricia Delcourt

Collection dirigée par
Patrice Duvic

ISBN : 2-265-07128-5

CHAPITRE PREMIER

C'était une nuit noire et sans étoiles.

Dans la ville qui surplombait la Bouche de l'Enfer, une adolescente courait dans l'obscurité pour sauver sa peau.

Ce n'était pas du tout ainsi qu'elle avait envisagé de passer la soirée.

Elle s'appelait Heidi Lindstrom. Un nom ridicule dont elle se serait volontiers passé. Tout le monde savait comment une fille prénommée Heidi était censée être : douce, innocente, dotée d'un esprit de sacrifice. Mais elle avait d'emblée découragé tout espoir de faire concorder cette image avec ce qu'elle était réellement.

Heidi Lindstrom était une dure à cuire et elle faisait tout pour que cela se voie. Ses cheveux décolorés blancs aux racines brunes étaient dressés sur sa tête. Un jean aussi moulant qu'une peau de serpent habillait ses longues jambes qui, dans l'immédiat, essayaient désespérément de maintenir la cadence. Elle portait un blouson d'aviateur en cuir noir dont les clous luisaient faiblement sous les lampadaires. Ses pieds étaient chaussés de bottes noires aux semelles épaisses – qui se révélaient parfaites pour écraser quiconque se mettait en travers de sa route, mais qui n'étaient pas franchement idéales pour courir.

Et cela faisait très, très longtemps qu'elle courait

maintenant. Cela faisait même si longtemps qu'elle avait du mal à se rappeler ce qui existait avant qu'elle ait commencé à courir. Avant, quand elle était en sécurité. Ou, tout au moins, quand elle contrôlait la situation. Quand ses jambes ne lui paraissaient pas être en caoutchouc et ses pieds en plomb. Quand l'air ne lui brûlait pas les poumons lorsqu'elle inspirait et expirait.

Elle courait depuis si longtemps qu'elle avait l'impression de se déplacer dans un état de rêve fiévreux, forçant désespérément son corps à continuer à avancer, bien qu'elle sache au fond d'elle-même qu'elle n'atteindrait jamais une vitesse suffisante. Et vu les chances qu'elle avait de s'en sortir, une course au ralenti serait revenue au même.

Elle prit une rue sur sa gauche. Ses jambes accélérèrent et, remontant lourdement la rue en courant au milieu de la chaussée, elle dépassa un panneau qui annonçait fièrement *Elm Street*. Elle regretta de ne plus avoir assez de souffle pour en rire. Ce qu'elle était en train de vivre était effectivement un cauchemar[1], il n'y avait aucun doute là-dessus.

En fait, dans ce quartier de Sunnydale, toutes les rues portaient des noms d'arbres. Oak Street, Birch Street, Larch Street, Poplar Street, Sycamore Street[2]. Les maisons y étaient nettement plus grandes que celle dans laquelle elle vivait, et elles donnaient toutes sur une pelouse soigneusement entretenue.

Que se passerait-il si je remontais soudain l'une de ces allées impeccables ? se demanda Heidi. Si elle frappait désespérément à l'une de ces portes d'entrée par-

1. Référence au film d'épouvante *A Nightmare on Elm Street* (littéralement : Cauchemar à Elm Street) dont le titre français est *Freddy, les griffes de la nuit. (N.d.T.)*

2. *Elm* = orme, *oak* = chêne, *birch* = bouleau, *larch* = mélèze, *poplar* = peuplier, *sycamore* = platane. *(N.d.T.)*

faitement peintes ? Est-ce que l'une des personnes impeccables qui vivaient là se précipiterait pour venir à son secours ?

Alors, presque malgré elle, elle parvint quand même à rire, d'une voix étranglée. Un son déchiré remontant de ses entrailles.

Tu peux toujours rêver !

Ce quartier de Sunnydale avait peut-être l'air différent, mais il y avait au moins une chose pour laquelle il ressemblait au quartier d'où elle venait : personne ne lui viendrait en aide. Ni maintenant, ni jamais. C'était une des caractéristiques qui faisait de Sunnydale ce qu'elle était. Heidi ne pouvait faire qu'une seule chose, et c'est ce qu'elle était déjà en train de faire.

Courir. Courir. *Cours !*

Elle bifurqua à gauche sur Oak Street, descendant la rue sur le trottoir à présent. Elle essayait d'oublier, d'une part, que ses jambes étaient devenues aussi molles que des élastiques et, d'autre part, cette sensation de brûlure lorsqu'elle respirait, comme si on lui enfonçait un tisonnier brûlant dans les poumons.

Est-ce qu'ils sont loin derrière ? Est-ce qu'ils gagnent du terrain ? Heidi se risqua à jeter un coup d'œil furtif par-dessus son épaule, espérant sans y croire qu'un miracle se soit produit et qu'elle ait été trop épuisée pour s'en être rendu compte. Peut-être avaient-ils fini par laisser tomber. Peut-être s'étaient-ils lassés. Ou peut-être avait-elle fini par les semer.

Ouais, c'est ça. C'est vachement crédible !

Tout comme elle s'en doutait, ils étaient toujours à sa poursuite. Deux types. Elle les avait repérés pour la première fois dans la ruelle derrière le BRONZE.

Chacun d'eux portait une chemise si blanche qu'elle semblait luire dans l'obscurité. Et un pantalon avec un pli parfait sur le devant de la jambe. Des mocassins. *Une cravate*. Ils étaient si mal habillés qu'en comparaison, l'uniforme de l'école catholique aurait pu passer pour du Tommy Hilfiger. La première fois qu'elle les avait vus, Heidi n'avait pas pu s'empêcher d'éclater de rire.

Mais c'était avant qu'elle n'ait vu leurs yeux.

Brillants. Sauvages. *Jaunes*. Ils avaient de drôles de fronts – peut-être souffraient-ils d'une sorte de malformation. De plus, ils auraient bien eu besoin d'être suivis par un dentiste. Et pas qu'un peu ! Heidi ne savait pas ce qu'ils étaient, et elle ne tenait pas à le savoir. La seule chose qu'elle désirait, c'était leur échapper.

Ce n'était qu'au moment où ils s'étaient mis à la courser qu'elle avait réalisé que, à bien y réfléchir, elle voulait deux choses.

Heidi Lindstrom souhaitait non seulement leur échapper, mais elle voulait aussi rester en vie.

Elle traversa le carrefour entre Oak Street et Poplar Street à toute vitesse. Elle savait qu'elle n'en avait plus pour très longtemps maintenant. Comment pourrait-il en être autrement ? Elle ne sentait plus du tout ses jambes à présent.

Mais pourquoi est-ce qu'ils ne la rattrapaient pas et n'en finissaient pas avec elle ?

Qu'ils terminent la partie et l'achèvent ! C'était ce qu'elle aurait fait. Mais non, pas ces types. Il fallait qu'ils se retiennent, qu'ils se distinguent, qu'ils jouent au chat et à la souris. Tout cela l'aurait vraiment soûlée si elle n'avait pas été aussi terrifiée.

Personne n'était supposé prendre la tête à Heidi Lindstrom. C'était plutôt elle qui prenait la tête aux autres. C'était ainsi que les choses étaient censées se passer. Mais, ce soir, rien ne s'était déroulé comme elle l'entendait. Ce soir, elle avait fait une erreur. Et une erreur pour laquelle elle allait payer le prix fort.

Mais pourquoi je ne suis pas restée à la maison ?

Ses membres inférieurs refusaient désormais de coopérer, et elle avançait en trébuchant. La sueur coulait sur son front et lui piquait les yeux.

Aurait-il été vraiment si difficile de rester à la maison, juste cette fois-ci ?

A la maison, où les murs étaient si fins qu'elle entendait tout ce qui se passait à côté. Où cela empestait toujours le dîner brûlé de la veille. A la maison, cet endroit où elle ne s'était jamais sentie chez elle. L'endroit où toutes les paroles blessantes et pleines de rancœur qui avaient été prononcées subsisteraient à jamais. Le dernier endroit sur terre où elle avait envie d'être.

Et tout particulièrement lorsque sa mère allumait la télé.

Elle courait pliée en deux maintenant, les deux bras crispés sur son ventre, avec en tête le souvenir de la télévision qui beuglait. C'était ce bruit plus que toute autre chose qui l'avait poussée à escalader la fenêtre de sa chambre et à se rendre au BRONZE. Le club était le seul endroit où elle pouvait oublier tout ce qu'elle était ; et tout ce qu'elle n'était pas. C'était le seul endroit où la musique était assez forte pour couvrir dans sa tête le vacarme des programmes télé de sa mère. Ce bruit, toujours le même, soir après soir.

Les émissions se succédaient, regorgeant toutes de familles plus chaleureuses et aimantes les unes que les autres. Dans ces familles, les enfants et les parents avaient des problèmes, bien sûr, mais ils finissaient toujours par les résoudre grâce à une bonne dose d'amour et de communication. Dans ces émissions, les enfants finissaient toujours par reconnaître, à un moment ou à un autre, que non seulement leurs parents avaient raison, mais qu'ils avaient toujours eu raison. Et qu'ils auraient toujours raison. Et ils avouaient leurs péchés, leur culpabilité et leur amour avant d'être pardonnés et de se jeter dans les bras grands ouverts de leurs parents.

Des familles de rêve, pensa Heidi. Elle inspira un grand coup tout en tournant sur Larch Street, l'air lui brûlant les entrailles à chaque bouffée qu'elle inspirait, comme une aiguille chauffée à blanc.

Le problème était que sa mère ne semblait pas comprendre que les familles qu'elle voyait à la télé n'avaient rien de réel ; tout comme elle ne comprenait pas que même des enfants de rêve ne faisaient pas cadeau de leur amour comme ça. Ces parents de rêve devaient mériter l'amour de leurs enfants, comme cela avait toujours été le cas dans toutes les familles depuis des générations. Ils devaient gagner cet amour. C'était une chose que même les scénaristes de feuilletons ringards semblaient savoir, mais qui n'avait jamais effleuré l'esprit de la mère d'Heidi, en dépit de toutes les heures qu'elle passait à regarder la télévision.

Sa méthode d'éducation se limitait généralement à relever tout ce qui, selon elle, n'était pas assez bien chez Heidi. Après quoi elle disait invariablement à sa fille combien celle-ci la décevait. Si on avait donné une pièce de cinq *cents*[1] à Heidi à chaque fois que sa mère lui avait déclaré qu'elle ne comprenait pas comment il était possible que sa propre fille ait si mal tourné, elle aurait pu se payer une résidence sur la plage de Malibu à l'âge de neuf ans.

Elle trébucha sur le trottoir en tournant sur Sycamore Street. On n'entendait rien d'autre que le son de sa respiration saccadée.

Sycamore Street était une rue de transition et n'était pas tout à fait aussi classe que les rues avoisinantes. Les

1. Cinq *cents* équivalent environ à 30 centimes. *(N.d.T.)*

lampadaires n'y éclairaient pas aussi bien – quand ils fonctionnaient du moins. Succédant aux pelouses, il y avait de gros morceaux d'écorce brune dans les cours devant les maisons. On appelait cela de l'écorce de beauté.

Heidi se redressa et fit un effort pour fixer ses yeux brûlants sur le seul lampadaire de la rue qui fonctionnait et sur l'arrêt de bus juste après le lampadaire. Si elle parvenait à se rendre à l'arrêt de bus – un lieu public bien éclairé – le miracle se produirait-il ? Les types derrière elle rebrousseraient-ils chemin et la laisseraient-ils tranquille ?

Tu peux y arriver, se dit-elle. *Vas-y. Vas-y.*

Elle tenta désespérément de pousser une dernière pointe de vitesse et sentit son pied céder sous elle et sa cheville se tordre.

O mon Dieu ! pensa-t-elle. *O mon Dieu, non, je vous en prie.*

Alors, comme dans une séquence de film au ralenti, elle tomba. Elle eut le temps de voir ce qui l'avait fait tomber : un morceau d'écorce de beauté qui fusa de sous son pied avant d'aller s'immobiliser dans le caniveau. Un seul morceau avait suffi.

Le temps recommença à s'accélérer quand Heidi entendit son coude droit claquer contre le trottoir, avec un son aussi fort qu'un coup de pistolet. Une douleur vive se propagea de son coude à son épaule et la fit hurler. Elle se mit sur le dos en roulant, son bras droit retombant mollement, dans une position bizarre par rapport à son corps, puis elle s'immobilisa. Elle manquait désespérément d'air, et sa vue passa du blanc au gris avant de se brouiller sur les côtés, tandis qu'elle réalisait qu'elle ne ressentait plus de douleur.

C'est le choc, se dit-elle. Le seul aspect positif de la situation était qu'elle était gauchère, un détail que les types qui la suivaient ignoraient. Quand ils s'approcheraient pour l'attraper, elle pourrait toujours balancer un dernier coup de poing. A supposer qu'elle soit en état de faire quoi que ce soit.

Elle se demanda ce que sa mère ressentirait quand elle réaliserait que sa fille unique avait disparu pour toujours ? Qu'Heidi ne rentrerait plus jamais à la maison ?

C'est alors qu'elle entendit le son de chaussures aux semelles dures claquant sur le trottoir. Quelques instants plus tard, deux paires d'yeux jaunes se penchaient sur elle et la regardaient en brillant. Même à travers sa vision troublée, Heidi sut que sa première impression, à un bon paquet de rues de là, derrière le BRONZE, avait été la bonne : ces types étaient les gros nazes les plus laids qu'elle ait jamais vus. Et les plus effrayants aussi.

Il était, bien évidemment, hors de question qu'elle leur fasse part de ce sentiment de peur qu'ils lui inspiraient. Plutôt mourir. Enfin, façon de parler.

Elle prit une inspiration, éclaircit sa gorge soudain encombrée et força sa voix. Heidi Lindstrom ne quitterait pas ce monde comme une mauviette.

— J'ai comme l'impression que vous vous traînez une belle hépatite, lâcha-t-elle.

Le type sur la droite posa ses mains sur les hanches, à la manière de la mère d'Heidi quand quelque chose l'énervait. Heidi dut se mordre la langue pour s'obliger à se taire. Il n'y avait absolument rien de drôle à tout cela. Alors pourquoi était-elle gagnée par cette envie absurde d'éclater de rire ?

C'est le choc, se dit-elle à nouveau. Et elle vit les yeux au-dessus d'elle clignoter tandis qu'elle commençait à être prise de tremblements qui venaient du plus profond d'elle-même. Elle avait froid. Tellement froid.

— Dis donc, il me semble que tu n'as aucune raison d'être grossière, tu sais, dit le garçon sur sa droite avec un accent du Sud à couper au couteau. Nous avons gagné la course à la régulière. Nous n'y sommes pour rien si tu es tombée.

Il détacha momentanément son regard d'Heidi et le posa sur le garçon qui se tenait à ses côtés, comme s'il cherchait un soutien.

— N'est-ce pas, Webster ? reprit-il.

— Tout à fait, Percy, répondit immédiatement Yeux jaunes sur la gauche.

Lui, c'est Monsieur je dis amen à tout, pensa Heidi.

— Il est indéniable que nous n'y sommes pour rien, poursuivit-il d'un ton sérieux. Ce n'est absolument pas notre faute.

Heidi ne put plus se retenir et lâcha un rire nasal étranglé. Ces deux-là semblaient sortir d'un vieux dessin animé datant des débuts de la télé.

— Qu'a-t-elle donc, Percy ? demanda Webster, inquiet, en se penchant pour la regarder de plus près à son tour.

Percy hocha la tête :

— Je l'ignore, Webster, répondit-il. Je n'en ai pas la moindre idée. C'est assurément un mystère.

— Tu ne penses pas que ce qu'elle a est contagieux, hein ? demanda Webster d'un ton véritablement anxieux.

Il se releva brusquement comme pour se mettre hors de portée des microbes potentiels.

— Webster ? dit Percy.

— Oui ?

— Efforce-toi de ne pas te montrer plus stupide que tu ne l'es.

Webster fit une moue boudeuse et répliqua :

— Tu n'as pas le droit de me parler ainsi. Cela déplaît à Maman et elle te l'a interdit.

Heidi eut encore envie de rire mais elle s'aperçut qu'elle n'y parvenait pas. Elle semblait avoir perdu la faculté de maîtriser son corps. La seule chose dont elle semblait capable, c'était de fixer des yeux les deux types au-dessus d'elle, dont les chemises blanches lui cachaient le ciel de nuit obscur.

Maintenant qu'elle était réduite à les observer, Heidi vit que Yeux jaunes sur la gauche, celui appelé Webster, portait une cravate bleu marine. La cravate de Percy était d'un bordeaux foncé. A part cela, ils paraissaient identiques. Heidi Lindstrom la dure à cuire s'était fait avoir par des jumeaux de dessin animé B.C.B.G. et diaboliques.

Bonjour la honte.

Percy se pencha plus près d'Heidi, comme s'il voulait lui confier quelque chose.

— Tu as été la meilleure jusqu'ici, lui dit-il. Tu as tenu au moins dix pâtés de maisons de plus que je ne le pensais. C'est deux fois plus que la dernière, pas vrai, Webster ?

Le simple souvenir du plaisir qu'il avait pris à cette poursuite parut mettre un terme radical à la petite crise de Webster.

— C'est exact, Percy, approuva-t-il.

Heidi commença à ressentir une impression de flottement. Elle n'avait même plus froid. Elle ne se rappelait plus pourquoi elle avait eu si peur. Ces types n'allaient manifestement pas lui faire de mal. Ils l'avaient coursée à travers la moitié de la ville juste pour lui pomper l'air.

Elle ne s'inquiéta même pas quand Percy s'agenouilla à côté d'elle. Il tendit la main, lui prit le visage et le tourna d'un côté puis de l'autre.

— Elle a l'air absolument parfaite, fit-il remarquer. Elle est tellement, tellement…

Percy sembla momentanément à court de mots. Heureusement pour lui, c'est le moment que choisit Webster pour avoir une illumination :

— Tellement… *ringarde*, compléta-t-il obligeamment.

— *Ringarde !* répéta Percy, ravi. *Ringarde*, oui. Je crois que c'est exactement cela.

— Maman sera si contente, ajouta Webster. C'est tout à fait le genre de fille contre lequel elle nous a toujours mis en garde.

Non mais, je rêve ! fulmina Heidi en pensée. *Vous vous prenez pour des top models ou quoi ?*

Elle distingua au loin le bruit du bus qui s'arrêtait à l'arrêt de Sycamore Street, et dont les portes s'ouvrirent en sifflant et en claquant. Quelques instants plus tard, elle les entendit se fermer, et le bus s'éloigna bruyamment.

Elle avait raté son coup, et c'était trop tard maintenant. Elle sortit de sa torpeur tandis que la peur et la douleur revenaient au triple galop. Elle était abattue mais elle n'était pas battue. Pas encore. Il lui fallait faire encore une chose. Une chose importante. Heidi avala sa salive et parvint à ouvrir la bouche.

— Oh, regarde ! s'exclama Webster pratiquement avec un petit cri de joie. Elle veut dire quelque chose.

Il s'agenouilla aussi et son visage se retrouva au même niveau que celui de Percy. Heidi leva les yeux sur deux paires d'yeux jaunes et brillants, à l'expression attentive et impatiente.

Vous êtes quoi, vous ? se demanda-t-elle.

Non pas que cela eût de l'importance. Quoi qu'ils fussent, il y avait une seule chose qu'elle tenait vraiment à leur dire.

Bien sûr, pour cela, il lui faudrait utiliser une expression dont sa mère avait dit haut et fort qu'elle ne voulait jamais l'entendre dans *sa* maison. Une expression que les filles bien n'employaient jamais. Même si Heidi avait toujours considéré que cette expression ne pouvait pas être si terrible que cela, puisqu'elle pouvait se terminer par des verbes grossiers mais aussi par un gentil verbe comme « voir » !

Elle inspira un grand coup. S'il fallait qu'elle trouve la force de dire encore une chose, autant faire en sorte que cela sorte correctement du premier coup.

— Je vous en prie, fut-elle horrifiée de s'entendre murmurer. (C'est pas vrai ! Elle venait de tout foutre en l'air. Elle avait fait ce qu'elle détestait par-dessus tout : elle s'était soumise. Et en étant polie, qui plus est.) Je vous en prie, ne me tuez pas.

Percy s'esclaffa en poussant un petit cri de joie aigu qui ressemblait fidèlement au cri d'un goret qu'on égorge.

— Tu entends cela, Webster ? demanda-t-il réjoui. Vous vous trompez sur notre compte, mademoiselle.

Webster acquiesça d'un signe de la tête :

— Je dirais même que vous vous trompez *à mort* ! ajouta-t-il avant d'éclater de rire à son tour.

Les deux frères machin s'écroulèrent l'un sur l'autre, se tapant le dos, en plein délire et déchaînés.

Je ferais peut-être bien de profiter de leur petite crise de rigolade pour essayer de me tirer, se dit Heidi. Sauf qu'il y avait quand même un problème : il fallait d'abord qu'elle se lève.

— Nous n'allons pas te tuer, ma petite chérie, lui expliqua Percy une fois calmé.

Il s'essuya les yeux avec sa cravate bordeaux.

— Ne fais pas cela, dit Webster. C'est dégoûtant.

— Enfin, pas tout de suite, poursuivit Percy en ignorant son frère. Nous devons d'abord faire une chose très importante.

— Oh, oui ! Très importante, acquiesça solennellement Webster. Je vois bien qu'elle veut savoir de quoi il s'agit. N'est-ce pas que tu veux le savoir, mon ange ?

Les deux garçons sourirent, révélant ainsi intégralement leur dentition immonde. Ils avaient des crocs, ou un truc approchant.

— Nous t'emmenons à la maison voir Maman, lui annoncèrent-ils en chœur.

Percy inclina la tête :

— Bien sûr, le fait que nous ne puissions pas te tuer ne signifie pas que tu vas trouver que cela vaut le déplacement.

— Oh, chouette ! C'est le moment que j'adore ! s'exclama Webster.

Percy tendit la main et attrapa le bras droit d'Heidi. Elle hurla à nouveau. La douleur déferla dans tout son corps, aussi vive et rapide qu'un éclair. Puis, tout comme un éclair, elle cessa. Et Heidi sombra dans le noir intégral.

Elle se réveilla dans un monde d'un blanc éblouissant et s'aperçut qu'elle était allongée sur le ventre. Elle avait la joue collée à quelque chose de froid, lisse et blanc, et son bras gauche était replié sous elle. La surface ressemblait exactement au sol de marbre qu'Heidi avait vu dans un musée d'art, un jour, au cours d'une sortie scolaire.

Elle ressentait une douleur si vive dans le bras droit que cela la lançait dans tout le corps. Ça, c'était la mauvaise nouvelle. La bonne nouvelle, c'était qu'elle avait l'esprit plus clair, et qu'elle ne voyait pas de trace de Webster et de Percy.

Elle se souleva lentement et délicatement sur son bras gauche. Peut-être que si elle arrivait à se lever, elle pourrait découvrir où elle se trouvait et qu'elle parviendrait à se tirer de là.

— Ah ! Je vois que vous êtes réveillée, ma chère, dit une voix derrière elle.

Heidi sursauta. Son bras gauche glissa, heurta son bras droit, et sa tête alla s'écraser sur le sol en marbre.

En proie à une nouvelle vague de douleur, elle ferma les yeux.

Lorsqu'elle les rouvrit, une femme était penchée sur elle.

Elle portait sur la tête le chapeau de paille avec le plus large bord qu'Heidi ait jamais vu, et sur lequel un foulard rose vaporeux était noué, dont les pointes disparaissaient derrière l'une des larges épaules de la femme.

La robe qu'elle portait était également rose. D'un rose criard. Avec des fleurs. Heidi n'aurait pas su dire à quelle variété appartenaient ces fleurs, mais ce qu'elle savait, c'était qu'elles étaient vraiment gigantesques. Une énorme broche en strass était épinglée sur le devant de la robe. Si énorme qu'Heidi se voyait dans la pierre au centre de la broche.

Cela devait être LA mère – la Reine Mère – des *fifils* dégénérés, la femme qu'ils voulaient qu'Heidi rencontre et pour laquelle ils l'avaient ramenée chez eux. Et ces mecs avaient eu le culot de la traiter *elle* de ringarde.

— Je suis si heureuse que vous ayez pu vous joindre à nous, ma chérie, dit la Reine Mère.

Ouais, c'est chouette pour toi, pensa Heidi. *Il y en a au moins une de nous deux qui est contente.*

La Reine Mère avait le même accent que Webster et Percy. Ambiance *Autant en emporte le vent*. Mais au moins, à côté de ceux de ses rejetons, son visage paraissait normal. Elle n'avait pas les yeux jaunes. Et ses dents avaient l'air de toutes rentrer dans sa bouche quand elle la fermait.

— J'espère que mes garçons n'ont pas été trop durs avec vous, dit la Reine Mère. Ils peuvent parfois se montrer fougueux. Mais bon, les garçons sont comme ça, on ne les changera pas, n'est-ce pas ? Je suis certaine que vous comprenez.

Ce qu'Heidi comprenait surtout, c'était que la Reine

Mère n'avait visiblement jamais entendu parler du féminisme. La jeune fille passa la langue sur ses lèvres desséchées, s'éclaircit la gorge et s'aperçut qu'elle n'avait pas perdu sa voix.

— Ils m'ont cassé le bras, articula-t-elle d'une voix enrouée.

— Ce n'est pas vrai, la contredit immédiatement une voix qui émanait de quelque part derrière son épaule droite.

Heidi déduisit que cela devait être celle de Percy. C'était presque toujours lui qui prenait la parole en premier. Manifestement, les jumeaux dégénérés se trouvaient quelque part par là, dissimulés dans un coin de la pièce.

— Elle est tombée, Maman. Nous n'étions absolument pas à côté d'elle quand c'est arrivé, pas vrai, Webster ? continua la voix.

— Oui, c'est vrai, confirma Webster. Nous l'avons attrapée à la régulière. Je te le promets, Maman.

Leur mère les gronda :

— Enfin, les garçons. Vous savez bien que cela ne se fait pas de contredire un invité.

Heidi entendit un bruit étrange derrière elle. Elle était certaine que c'était Percy et Webster qui traînaient les pieds.

— Allons, allons, les garçons, dit la Reine Mère d'une voix apaisante. (Elle se releva. Debout, elle ressemblait à une grande tour rose.) Maman sait que vous êtes ses gentils garçons. Peu importe comment vous l'avez attrapée. Ce qui importe, c'est que vous ayez rapporté la nourriture à la maison exactement comme je vous l'ai demandé. Vous savez comme je m'inquiète de ce que vous êtes susceptibles de vous mettre sous la dent.

Heidi eut des sueurs froides. *La nourriture ?* Cela ne présageait rien de bon. En fait, cela avait carrément l'air de… Heidi s'arrêta net de réfléchir. Elle ne tenait pas vraiment à s'étendre sur ce que ces paroles lui inspiraient. Si elle creusait davantage, elle craignait de se mettre à hurler et de ne plus pouvoir s'arrêter.

— Aide-la à se relever, Webster, ordonna la Reine Mère. Je veux la regarder bien comme il faut. Oh, non, ma chérie, ajouta-t-elle en voyant Heidi qui tentait de se dérober. Ne vous inquiétez pas, il ne vous fera pas de mal. Pas avant que je ne le décide. Dans cette maison, rien ne se passe sans ma permission.

— Génial, dit Heidi d'une voix étranglée. Merci. C'est fou ce que ça rassure.

La Reine Mère renversa la tête en arrière et partit d'un rire qui imitait à la perfection le doux bruit d'ongles raclant un tableau noir.

— Elle a de l'esprit, cette petite, remarqua-t-elle. Mais cela peut coûter cher de faire du mauvais esprit, vous savez. J'en connais quelques-uns qui s'y sont cassé les dents avec moi.

Alors, sans avertissement, son visage se tordit, se transforma et devint encore plus hideux que celui de ses fils. Son front se plissa et se replia sur lui-même pour ne former qu'une série de plis profonds. Son regard prit la teinte jaune des yeux de loup.

— J'ai dit *aide-la à se relever*, Webster. Tu sais combien je déteste attendre. Ce n'est pas bien de décevoir ta Maman.

Heidi se sentit agrippée par le bras gauche, tirée vers le haut par une forte poigne et remise sur ses pieds. Elle vacilla et la poigne se raffermit, l'empêchant de flancher.

— Ça y est, Maman.

A la seconde où Webster parla, le visage de la Reine Mère se détendit. La peau de son front se lissa. Ses yeux retrouvèrent leur couleur bleu délavé normale.

Heidi serra les genoux pour les empêcher de cogner. *Je sais ce que vous êtes*, pensa-t-elle. *Vous êtes des monstres.*

Sa mère lui avait juré que de telles créatures n'existaient pas, bien qu'Heidi ait toujours été sûre du contraire.

On dirait que j'avais au moins raison sur un point, Maman.

Et parce qu'elle avait raison, Heidi sut que tout cela ne pouvait finir que d'une seule façon. De la façon dont elle avait toujours su que cela se passerait.

Elle allait mourir.

Elle espérait que cela serait rapide. Et qu'elle serait morte avant qu'ils ne fassent ce truc qui lui donnait l'impression qu'elle allait leur servir de quatre heures. A minuit. Parmi tous les monstres de Sunnydale, il avait fallu qu'elle tombe sur ceux qui étaient des amis intimes d'Hannibal Lecter.

Heidi se tenait parfaitement immobile pendant que la Reine Mère tournoyait autour d'elle comme un requin, ses talons hauts claquant sur le marbre blanc et froid.

— Horrible, murmura la Reine Mère tandis que ses yeux examinaient son jean et son blouson en cuir. Absolument affreuse. Vous l'avez bien choisie, mes garçons. Celle-là n'est vraiment bonne qu'à une chose.

Elle s'approcha tout près d'Heidi. Webster lui lâcha le bras et recula. Heidi sentit ses genoux qui commençaient à fléchir.

— Venez avec moi, ma chérie, dit la Reine Mère en glissant un bras sous celui d'Heidi avant que cette dernière ne tombe. (Heidi grimaça de douleur. La Reine Mère ressemblait peut-être à un énorme *chamallow* rose à fleurs, mais elle avait une poigne d'acier.) J'aimerais vous montrer quelque chose.

La Reine Mère la fit tourner sur elle-même et lui fit

traverser la pièce en la tirant derrière elle. Le bout des chaussures d'Heidi racla le sol propre et blanc, et elle remarqua avec plaisir que ses semelles y laissaient de vilaines traces noires.

— Voici l'héritage de mes garçons, annonça la Reine Mère en faisant un geste en direction d'un mur sur lequel était accrochée une série de tableaux. Des portraits.

C'est pour ça que cet endroit me faisait penser à un musée, comprit Heidi. *C'est parce que c'est une galerie de portraits.*

Chaque tableau était éclairé par deux lampes en cuivre démodées, une au-dessus et une en dessous. Cet éclairage donnait aux portraits un aspect étrange et surnaturel. Comme si les yeux des personnages sur les peintures pouvaient vraiment suivre les déplacements des personnes présentes dans la pièce. Ils rappelaient quelque chose à Heidi. Mais quoi ?

Les toiles représentaient des hommes sévères portant des pardessus et des bottes noires vernies, qui se tenaient debout à côté de femmes aux yeux fatigués, vêtues de longues robes drapées à col châle. Des enfants solennels aux boucles longues étaient tous habillés de chemises blanches à dentelle et de bottillons lacés, de telle sorte qu'Heidi ne parvenait pas à distinguer les filles des garçons.

— Mes garçons descendent d'une fière et longue lignée de véritables dames et gentilshommes, poursuivit la Reine Mère. Cet homme-là… (elle montrait le portrait d'un homme debout à côté d'un grand cheval noir) … fut l'un des pères fondateurs du Commonwealth de Virginie. Et voici…

Elle guida Heidi et l'amena devant le plus grand portrait de toute la galerie, celui d'un homme portant l'uniforme gris d'un officier confédéré.

— Et voici le père de mes garçons, dit la Reine Mère, la voix empreinte d'une telle fierté qu'elle en paraissait chaleureuse. Les garçons, roucoula-t-elle, venez donc par ici vous mettre à côté du portrait de votre papa.

Webster et Percy s'exécutèrent, et vinrent se placer chacun d'un côté du portrait de leur père. On aurait dit des chiots frétillants ne demandant qu'à faire plaisir. *Des chiots mutants qui attendent de me manger.* Heidi eut un haut-le-cœur.

— Mon époux était le meilleur homme qui soit, dit la Reine Mère. Et j'ai élevé mes fils pour qu'ils deviennent de vrais gentlemen, comme lui. Lorsque mon mari a été tragiquement emporté dans la fleur de l'âge, j'ai su que mon devoir était de protéger mes bébés. Et d'être toujours à leurs côtés.

Heidi sentit le regard insistant de la Reine Mère sur elle. Cette dernière attendait manifestement qu'elle dise quelque chose. Heidi inspira un grand coup et réfléchit à la situation.

Son bras droit était cassé. La Reine Mère lui serrait le bras gauche avec une poigne d'acier. Elle était entourée de monstres. Heidi savait qu'elle ne quitterait jamais cet endroit vivante. Mais cela impliquait-il qu'elle devait se laisser faire ? Cela signifiait-il qu'elle devait garder un profil bas ?

Ce n'était pas son avis. Et lorsqu'elle réalisa ce que les tableaux autour d'elle lui rappelaient, cela conforta son point de vue.

— Je vous parie que ces portraits sont comme ceux de la Maison Hantée à Disneyland, pas vrai ?

La Reine Mère eut l'air interdit, mais c'était une dame avant tout et en toutes circonstances. Et une dame n'oublie jamais ses bonnes manières.

— Je vous demande pardon ?

Heidi sourit. Elle se dit que cela faisait du bien de partir sur un coup d'éclat. Même si c'en était un petit.

— Vous savez bien. Au départ, ils ont l'air normal mais après, ils se tordent dans tous les sens, et on découvre qu'ils sont ignobles en dessous. Je vous parie que ces tableaux sont pile comme ça. Bien en surface et immondes en dessous. (Heidi indiqua de la tête le cher époux défunt de la Reine Mère.) Surtout celui-là. Vos fils chéris sont comme ça aussi. J'ai compris que c'étaient des monstres à la seconde où je les ai vus.

La Reine Mère renversa la tête en arrière et poussa un hurlement. Sa poigne sur le bras d'Heidi se resserra tant que la vue de cette dernière s'obscurcit. Lorsqu'elle reprit ses esprits, elle sut qu'elle regardait la mort en face. Sa propre mort. Elle regardait le monstre droit dans les yeux.

— Toi ! Horrible fille insolente et mal élevée, dit la Reine Mère d'une voix sifflante à travers ses longues dents acérées, tandis que ses yeux s'enflammaient d'une teinte féroce et jaune. C'est toi qui es immonde. Tu n'es bonne qu'à une chose : devenir de la viande morte.

Et d'un coup sec et brutal, elle poussa la tête d'Heidi sur le côté et plongea ses dents dans sa jugulaire.

Heidi n'eut que le temps de penser : *Ce n'est pas vrai. C'est impossible. Cela arrive dans les films d'horreur. Mais pas dans la vie.*

Puis elle ne put plus penser du tout, tandis que son corps, pris de spasmes incontrôlables, se tordait et se crispait comme un fil électrique vivant. La Reine Mère poussa un autre hurlement en relevant son visage maculé de sang. Puis elle fit tourner Heidi et la poussa en direction de ses fils. Heidi l'entendit leur dire d'une voix entrecoupée :

— Prenez-la.

L'encadrant de part et d'autre, les jumeaux s'accrochèrent à sa gorge. Heidi ne faisait désormais plus le moindre mouvement. Elle en était incapable. Elle était clouée sur place et ne parvenait pas à bouger. Tandis que Webster et Percy buvaient tout leur soûl, elle remuait les lèvres, impuissante, et avait les yeux fixés sur le portrait de leur père.

Quand ils eurent fini, elle resta debout un dernier instant. Après qu'ils eurent relevé la tête et l'eurent lâchée. Après qu'ils furent retournés sous le portrait de leur cher père défunt et s'y furent postés côte à côte.

Les yeux affaiblis d'Heidi virent la Reine Mère rejoindre ses fils, se camper entre eux et les entourer de ses bras. Ils posèrent la tête sur sa généreuse poitrine rose à fleurs. Leurs bouches étaient barbouillées du sang d'Heidi. Celle-ci aurait juré que, au-dessus de leurs têtes, elle voyait l'homme sur le portrait qui les regardait en souriant.

— Mes gentils garçons, roucoula la Reine Mère. (Heidi sentit ses genoux fléchir puis refuser de la porter.) Vous avez été si propres. Vous n'en avez pas renversé une goutte. Vous rendez votre Maman si fière de vous.

Heidi se sentit tomber. Elle vit le sol de marbre se précipiter vers elle. Sa tête s'y écrasa, mais cela n'importait plus. Parce que, quand sa tête toucha le sol, c'était déjà fini pour elle.

Quand sa tête se fendit sur la pierre blanche et froide, Heidi Lindstrom ne sentit rien. Ne vit rien. N'entendit rien.

N'était rien.

Et elle n'entendit donc pas la seule épitaphe qu'elle recevrait jamais.

— Sortez-moi cet immonde débris d'ici, dit la Reine Mère.

CHAPITRE II

Les bêtes étaient affamées, et Buffy Summers avait fait une grosse erreur. Elle était arrivée pile à l'heure du repas.

Dans le cadre de son activité de Tueuse, l'Elue, Buffy avait vu un certain nombre de choses plutôt horribles pour son jeune âge. Mais ce qu'elle voyait là suffisait à soulever le cœur, même celui à toute épreuve de la Tueuse.

Les langues fusaient. Les dents luisaient. La salive dégoulinait. Les mâchoires s'écartaient puis mordaient. Fort. Un truc rouge gélatineux jaillissait et giclait. Et Buffy n'y pouvait absolument rien. Elle était totalement désarmée. Impuissante face au spectacle le plus répugnant auquel elle ait jamais été forcée d'assister.

Au grand jour, en tout cas.

C'était l'heure du déjeuner dans le hall où étaient regroupés les restaurants du centre commercial de Sunnydale.

— Tu as faim, ma chérie ? demanda Joyce Summers en rejoignant sa fille à l'entrée du hall.

Buffy regardait, fascinée et écœurée, un type qui, à la table juste à côté, s'emparait d'une poignée de frites. Il les trempa dans un gobelet en plastique qui contenait au bas mot la moitié d'une bouteille de ketchup, puis il leva les frites en l'air. Bien haut.

Il pencha la tête en arrière, attendant que, tel un mollard, une noix de ketchup lui dégouline sur la langue, puis il enfourna les frites dans ce qui, pour Buffy, n'était rien d'autre que sa gueule béante. Le ketchup s'accumulant à la commissure de ses lèvres, il mâcha le tout avant de s'essuyer la bouche avec le dos de la main et de s'emparer d'une autre poignée de frites.

Buffy détourna le regard. On pouvait toujours la traiter de petite nature, mais elle considérait qu'elle avait eu sa dose.

— Pas vraiment, Maman.

Joyce Summers haussa les épaules.

— Très bien, dit-elle gentiment. Si tu le dis. Mais je pensais que tu étais venue ici pour manger.

Moi aussi, reconnut Buffy en silence – qui, du coin de l'œil, vit une frite tomber sur la table. Elle se demanda sur quoi le rapport que les humains entretenaient avec la nourriture était fondé. Parce que, pour quelque chose qui comptait tant à leurs yeux, ils avaient franchement l'air d'avoir de sérieux problèmes de dextérité.

Buffy attrapa sa mère par le bras, et l'entraîna loin des restaurants, en direction du grand hall du centre commercial.

— Disons que j'ai changé d'avis.

— Très bien, dit sa mère après quelques instants. (Puis son visage s'illumina. Buffy eut une intuition soudaine lui prédisant ce qui allait se passer. Sa mère allait la lui jouer jeune et branchée.) Il paraît que c'est un privilège de femme, ajouta-t-elle alors.

Buffy tapota le bras de sa mère.

— Bien tenté, Maman. Mais tu ferais bien de remettre tes références au goût du jour.

C'était un samedi après-midi, et donc ni le jour ni l'heure où il était fréquent de voir des adolescentes faire du shopping avec leurs mères. Mais quand Joyce avait demandé à Buffy si elle voulait faire deux, trois courses avec elle – si elle n'avait pas d'autres projets bien sûr –, Buffy avait ouvert la bouche et avait surpris sa mère et elle-même en répondant le contraire de non.

Il fallait reconnaître que les choses se passaient vraiment bien ces derniers temps chez les Summers. Pas bien au point où Buffy redoutait tout de même que sa mère se mette à chercher des robes assorties pour mère et fille, ou qu'elle les inscrive à un cours de décoration florale. Il y avait quand même des limites au système de valeurs des relations entre ados et parents.

Mais à la maison, l'ambiance était, disons, sereine. Sereine dans le bon sens. Sereine dans le sens décontractée et pleine de respect. Pas le genre de sérénité qui s'avère être l'accalmie qui précède une violente tempête.

Buffy pensait que c'était en rapport avec le fait que, ces derniers jours, son activité de Tueuse était à son niveau le plus bas de tous les temps. De ce fait, le Scooby Gang faisait en quelque sorte une petite pause. Les membres de la bande passaient encore du temps ensemble bien sûr, mais chacun d'entre eux avait eu plus de temps à soi qu'à l'accoutumée.

C'était ainsi que, à défaut d'autre chose, Buffy s'était retrouvée à la maison – puisqu'elle ne pouvait pas vraiment passer son temps à traîner avec Angel, en tout cas pas comme elle l'aurait voulu. A vrai dire, le week-end précédent, sa mère et elle avaient fait des cookies et regardé un film ensemble. Ce week-end-ci, elles faisaient du shopping.

Au revoir Sunnydale. Bonjour « Pleasantville *»*, se dit Buffy en suivant Joyce dans une petite allée du centre commercial. Au rythme où les choses allaient, si Buffy ne faisait pas attention, il lui faudrait se payer une visite chez le médecin pour se faire vacciner contre le syndrome *Happy Days*.

En fait, si elle était honnête avec elle-même, elle devait admettre que cette harmonie entre sa mère et elle ne lui déplaisait pas. C'était plutôt nouveau dans leurs relations, et c'est la raison pour laquelle Buffy s'en étonnait. D'autant plus que les Tueuses ne vivaient parfois pas assez longtemps pour en faire l'expérience.

Tout à coup, comme si elle avait reçu un signal, les sens de Tueuse de Buffy se mirent sur alerte rouge. Ses cheveux se dressèrent sur sa nuque et un picotement glacé lui courut le long de l'échine.

— Je voudrais juste faire un saut ici une minute et, ensuite, on aura fini, dit Joyce, ne se doutant pas de ce que Buffy éprouvait. J'ai besoin d'autres fournitures pour mon album.

Buffy prêta attention à l'endroit où elles se trouvaient pour la première fois. Elles se tenaient à l'extérieur d'une carterie.

Ouaouh ! pensa Buffy, qui ressentait toujours une présence potentiellement hostile. *C'est une réaction un peu forte pour des petites cartes mignonnes.*

Toutefois, il était également envisageable que la réaction de Buffy ait été déclenchée par ses propres sentiments à l'égard du petit projet de découpage et de collage de sa mère. Depuis environ une semaine, Joyce consacrait tout son temps libre à mettre en forme un album sur Buffy. Elle déclarait que c'était une rétrospective destinée à célébrer les nombreuses réussites de Buffy, à fêter le passage de sa fille de l'enfance à l'âge adulte.

L'idée de cet album plaisait à Buffy. Vraiment. C'était juste qu'il y avait, à ses yeux, deux tout petits problèmes. Le premier, c'était que la plupart de ses réussites vraiment importantes ne pourraient jamais être immortalisées sur une pellicule. Le second problème était que, vu la durée de vie d'une Tueuse moyenne, le projet de la mère de Buffy avait de grandes chances de finir en album à la mémoire de feu Buffy Summers.

— Vas-y, Maman, dit-elle alors, essayant de déterminer ce qui avait vraiment déclenché sa réaction. (Elle jeta un coup d'œil autour d'elles dans le passage, faisant de son mieux pour que cela ne saute pas aux yeux de sa mère). Je vais rester ici et jouer à la parfaite petite ado. Je vais traîner, quoi.

Joyce plissa le front :

— Il y a quelque chose qui ne va pas, Buffy ?

— Non, non, répondit Buffy en adressant à sa mère son sourire le plus guilleret.

Son radar à méchants de Tueuse s'orientait vers une silhouette qui regardait une vitrine, à quelques boutiques de là. *Je te tiens*, pensa Buffy. Il était carrément impossible que quelqu'un qui portait autant de cuir s'intéresse à des poupées.

Ouais ! Il se passait bel et bien quelque chose.

Buffy ne pensait pas qu'il puisse s'agir d'un coup des vampires. C'était quand même le beau milieu de la journée. Mais les vampires n'étaient pas les seuls monstres qui aimaient montrer leurs sales tronches à Sunnydale. C'était une réalité que, en tant que Tueuse, Buffy connaissait trop bien et qu'elle avait apprise à ses dépens.

— Vas-y, Maman, vraiment, répéta-t-elle avec insistance. Cela ne me dérange pas d'attendre ici et en fait, j'ai pas vraiment envie d'entrer dans le magasin. C'est juste que, là, je ne me sens pas d'attaque.

— Bon, très bien, répondit Joyce à contrecœur. Si tu le dis. J'en ai seulement pour une minute, ma chérie. Au fait, poursuivit-elle en baissant la voix, tu vois la fille là-bas, celle qui a des goûts vestimentaires pas très heureux ? Elle nous suit depuis que nous avons quitté les restaurants.

Impressionnée, Buffy tapota le bras de sa mère, mais cette fois-ci en signe d'approbation.

— Bien joué, Maman. Mais il n'y a pas de quoi s'inquiéter en tout cas. Je contrôle la situation. Allez, vas-y maintenant.

Les yeux braqués sur sa fille, Joyce eut un moment d'hésitation. Buffy pouvait presque lire dans ses pensées. Elle pouvait presque sentir sa réticence à laisser sa fille unique dans toute situation susceptible d'être dangereuse. Son désir de lutter à ses côtés et de protéger Buffy à tout prix était quasiment palpable.

Elle sut aussi exactement quand sa mère changea d'avis.

Les coins de ses lèvres tombèrent, puis la bouche de Joyce se tordit en un rictus ironique. *Et que crois-tu que tu pourrais faire ?* disait cette bouche. *Tu n'es que la mère de la Tueuse, après tout.*

Elle ouvrit la bouche, puis la referma. Buffy sentit son cœur se serrer. Et elle répondit à la question que sa mère avait décidé de ne pas lui poser :

— Je te promets d'être prudente, Maman.

Les coins de la bouche de Joyce remontèrent imperceptiblement. Puis elle se détourna et entra dans la boutique. Avant de passer à l'action, Buffy attendit que sa mère ait disparu derrière un présentoir de boîtes de biscuits avec des ours en peluche angéliques. Alors, elle courut à toutes jambes à l'autre bout du couloir.

Autant qu'elle se souvienne, il y avait des toilettes au fond, et elle était quasiment certaine que sa mémoire des lieux ne la trompait pas. Le centre commercial était le seul endroit dans lequel elle avait jamais eu l'occasion d'utiliser son faible sens de l'orientation.

Elle tourna à l'angle à toute allure, soulagée de

constater que la petite entrée des toilettes était vide, et elle jeta un coup d'œil rapide au-dessus d'elle. Il y avait une très grosse lampe. Le centre commercial avait subi des travaux de rafraîchissement récemment, suite à l'incident malheureux du lance-missiles. De ce fait, toutes les appliques électriques étaient neuves. Celle au-dessus de sa tête était une espèce de chandelier rétro.

Parfait, pensa Buffy. Sans hésitation, elle plia les genoux et sauta. Elle venait juste de remonter ses jambes quand une personne vêtue de cuir noir passa le coin en trombe, puis s'arrêta. La jeune fille jeta un coup d'œil par-dessus son épaule, puis se dirigea droit sur les toilettes pour dames. Elle y entra en poussant la porte de ses deux mains.

Buffy sentit les muscles de ses biceps se raidir tandis qu'elle comptait jusqu'à cent environ. C'est le temps qu'il fallut à l'autre fille pour ressortir en trombe des toilettes. Elle s'arrêta net, les yeux fixés sur la porte des toilettes pour hommes. Buffy jugea qu'il y avait une chance sur deux pour que la fille y pénètre.

La Tueuse attendit en fait que l'autre se soit tournée, ayant manifestement décidé d'entrer dans le Saint des Saints, avant de se laisser tomber à terre. Si cette fille cherchait Buffy au point de décider de pénétrer dans les toilettes des hommes, il était incontestablement temps d'en découvrir la raison.

— Tu cherches quelqu'un ? demanda Buffy.

La fille se retourna tout en se ramassant en position de combat. Buffy prit immédiatement une posture de défense, répartissant son poids sur la plante de ses pieds. Il régnait un silence chargé, tandis que les filles se dévisageaient. Buffy jaugea rapidement la fille qui lui faisait face.

De toute évidence, elle s'habillait de façon à intimider. Elle portait assez de cuir pour s'assurer une place de choix en tête de la liste noire des « Personnalités en faveur d'un traitement éthique des animaux ». Elle arborait une boucle en argent sur la narine droite. Et elle en avait une autre au milieu de la lèvre inférieure.

Presque tous ses doigts étaient couverts de lourdes bagues en argent. Franchement, il n'y avait pas besoin d'un coup de poing américain quand on pouvait, comme elle, joindre l'utile à l'élégant ! La seule partie de son corps qui n'était ni enveloppée, ni percée de métal était ses oreilles, ce qui étonna Buffy.

Elle fut également surprise de constater, maintenant qu'elle l'avait bien regardée, qu'en fait, elle la connaissait.

C'était une fille du lycée, une dénommée Suz Tompkins. Suz traînait avec la pire bande de racailles de Sunnydale High. A vrai dire, à peu près la moitié des amis de Suz ne prenaient même plus la peine de venir en cours. Ils faisaient des apparitions sur le campus uniquement pour traîner et jouer les durs.

Se trouver face à Suz Tompkins au centre commercial de Sunnydale un samedi après-midi était pour le moins étrange. C'était au moins aussi improbable que d'y rencontrer… Buffy Summers avec sa mère.

Buffy se redressa :

— T'as oublié de te faire percer les oreilles, Suz.

Remarquant le changement de position de Buffy, Suz Tompkins se redressa aussi. Elle adressa un sourire carnassier à la Tueuse.

— J'ai l'intention de me faire détendre les lobes, répondit-elle.

— Ah, je vois. Le genre tribal, rétorqua Buffy. (Elle inclina la tête comme si elle réfléchissait.) Je suis pas franchement sûre que ce soit une bonne idée. Ça pourrait être un handicap dans un combat en corps à corps. Ça ferait une prise idéale pour ton adversaire.

— Correct, concéda Suz. Je vais y réfléchir. (Elle regarda Buffy pendant un instant.) On m'a dit que tu savais te battre.

Le ton de sa voix était si délibérément neutre que Buffy sut qu'elle venait d'obtenir la réponse, en partie au moins, à la raison pour laquelle Suz Tompkins s'était donné tant de mal pour la trouver. Maintenant le problème était de savoir si elle voulait demander l'aide de Buffy, ou si elle voulait la démolir. Une espèce de version Sunnydale du syndrome du flingueur. Buffy s'y trouvait confrontée de temps en temps.

Elle savait que sa force et ses qualités de Tueuse lui donneraient un avantage certain, pourtant elle sentit un deuxième frisson parcourir sa colonne. En dépit de son ton rude, Suz ne se comportait pas comme quelqu'un s'apprêtant à lancer un défi. C'était son ton habituel.

Pourtant, si Suz avait besoin de l'aide de Buffy, le problème devait être de taille. Buffy n'arrivait pas à s'imaginer quiconque souhaitant se colleter à Suz Tompkins. En tout cas, pas quelqu'un de normalement constitué.

Avant même que Buffy ait eu le temps de lui demander ce qui se passait, la porte des toilettes pour hommes s'ouvrit soudain et percuta Suz dans le dos. Celle-ci changea instantanément de position et se campa de façon à voir qui sortait des toilettes, tout en gardant un œil sur Buffy. Celle-ci remarqua qu'elle restait dos au mur. Suz Tompkins ne prenait aucun risque, même au beau milieu de la journée au centre commercial de Sunnydale.

Et si ça, ça n'était pas un détail fort intéressant, Buffy Summers ne savait pas ce que c'était.

— Qu'est-ce que tu regardes ? lança Suz d'une voix hargneuse au type qui venait de sortir des toilettes.

Ce dernier ressemblait au lapin blanc d'*Alice au pays*

des merveilles. Sa pomme d'Adam montait et descendait quand il avalait sa salive. Et le simple fait de regarder Suz Tompkins lui faisait avaler beaucoup de salive.

— R-rien, bégaya-t-il tout en passant rapidement entre Suz et Buffy.

Il s'enfuit à l'autre bout du couloir avant de se volatiliser à l'angle. C'est à peine si Buffy ne vit pas sa petite queue blanche disparaître dans le terrier.

— Je constate que tu possèdes une espèce de génie de la communication, fit-elle remarquer.

— C'est un don, répondit sèchement Suz Tompkins. Ecoute, Buffy, je... je suis désolée de t'avoir suivie, mais il faut vraiment que je te parle.

— Je suis tout ouïe, dit Buffy.

Mais Suz Tompkins secouait déjà la tête.

— Pas ici. Tous ces ringards qui font tous la même chose le même jour au même endroit, ça me donne envie de gerber.

— Où ça, alors ? demanda Buffy. Et quand ?

— Ce soir, répondit Suz Tompkins. Au BRONZE.

CHAPITRE III

— Dis-moi pourquoi on remet ça ? brailla Willow.

On était samedi soir, il était environ neuf heures, et il commençait tout juste à y avoir de l'ambiance au BRONZE.

Les corps se déchaînaient sur la piste de danse au rythme de la musique des *Dingoes Ate My Baby*. Le niveau sonore était suffisamment fort pour rendre toute conversation difficile et, de ce fait, Willow avait passé la majeure partie de la soirée à contempler Oz avec adoration. Alex avait gardé les yeux braqués sur la piste de danse, à l'affût de l'arrivée de Cordélia, en dépit du fait que la simple apparition de cette dernière était susceptible de le rendre malheureux.

C'était un samedi soir à Sunnydale ; un samedi soir comme les autres.

Quant à Buffy, elle avait été préoccupée par deux choses et son esprit avait continuellement navigué de l'une à l'autre : d'une part, elle faisait de son mieux pour tenter de se convaincre qu'elle avait choisi de s'asseoir à une des tables avec les tabourets hauts parce que Suz Tompkins pourrait la repérer plus facilement (et *pas du tout* parce qu'elle espérait bien, elle, repérer Angel) ; d'autre part, elle essayait de ne pas se mettre la pression au sujet de ce qui se passait entre sa mère et elle.

Buffy lui avait dit que la fille en cuir noir était une

connaissance du lycée qui avait des problèmes, et Joyce avait accepté cette explication sans faire de commentaires, presque comme si, pendant qu'elle faisait ses achats à la carterie, elle s'était promis de ne pas s'en mêler. Et au lieu de chercher à tirer les vers du nez à sa fille, elle avait parlé avec emballement de son projet d'album pendant tout le chemin du retour du centre commercial.

Elle avait laissé Buffy tranquille pendant tout le reste de la journée, allant même jusqu'à ne pas lui demander de mettre la table pour le dîner, qu'elles avaient pris ensemble. Quand Buffy l'avait quittée pour se rendre au BRONZE, Joyce, d'humeur joyeuse, était en train de coller des photos de Buffy à l'âge de dix, onze ans dans l'album, tout en regardant à la télé un film avec Cary Grant.

Les choses se passaient tellement bien que cela commençait à inquiéter Buffy. Est-ce que le fait que sa mère et elle s'entendaient si bien ne révélait pas, en fait, que quelque chose ne tournait pas rond ? Le fait de ne pas être d'accord avec ses parents était quand même censé être fondamental chez les ados, non ?

Mais Buffy ne faisait pas une fixation, pas vrai ?

Alors là, pas du tout.

— Qu'est-ce que t'as dit ? répondit-elle à Willow en s'égosillant.

— Je t'ai demandé, reprit Willow... (un coup de cymbales retentissant du batteur des *Dingoes Ate My Baby* noya intégralement ses paroles) ... pourquoi on remettait ça, hurla-t-elle de toutes ses forces.

Toutes les têtes du BRONZE se tournèrent vers elle.

Le coup de cymbales marquait la fin du morceau des *Dingoes*. Willow avait vraiment l'art de ne pas faire les choses au bon moment en public. C'était typiquc. Tout le monde sans exception dans le club l'avait entendue hurler sa question.

Comme elle réalisait ce qui s'était passé, le visage de Willow prit une teinte dont Buffy se dit avec certitude que les rédactrices mode de *Jeune et Jolie* seraient obligées de faire remarquer qu'elle n'allait pas avec la couleur des cheveux de Willow. Il n'était pas franchement recommandé aux rousses de porter du rouge. Heureusement pour elle, Alex était prêt à jouer les chevaliers servants et vint à sa rescousse.

Si quelqu'un savait ce que c'était de se taper la honte en public, c'était bien Alex Harris.

Il se leva et se plaça devant Willow de manière à la dissimuler au maximum au regard des autres.

— Ne faites pas attention à la femme derrière le velours côtelé vert.

Les visages sur les têtes qui s'étaient tournées eurent un petit sourire narquois, puis se détournèrent. Les vingt secondes de célébrité de Willow étaient passées.

— Alors, ça vous a plu notre petite sélection de morceaux ? demanda Oz qui, sortant de nulle part, apparut à côté d'elle.

— Oh, non ! bégaya Willow, dont la tête émergea par-dessus l'épaule d'Alex. Enfin, je veux dire… Je te jure que c'est pas du tout ce que tu crois.

— Tu ferais peut-être bien de te rattraper sur ce coup-là, Will, lui conseilla Buffy.

Alex se rassit. Maintenant qu'Oz était là, il pouvait prendre la relève au poste de chevalier servant. Il y avait tout de même une certaine hiérarchie à respecter dans les relations entre ados.

— Bon, attends, dit Willow d'une voix étranglée. Interruption de jeu. On reprend de zéro. Bon choix de morceaux. Mauvaise repartie de ma part.

Oz hocha la tête en disant :

— Cool.

— Personnellement, je trouve ça vachement plus clair, glissa Buffy.

— Bon. Alors, on fait quoi exactement ? demanda Oz.

La capacité d'Oz à toujours revenir à l'essentiel dans pratiquement n'importe quelle situation était l'une des choses que Buffy préférait chez lui. Ça et ses cheveux, bien sûr.

— Nous attendons Suz Tompkins.

Oz fronça ses sourcils broussailleux.

— Suz Tompkins. Génial.

— Tiens ! dit Willow, comme si Oz venait juste de lui donner raison.

— Trop génial, ajouta Alex. C'est pour ça qu'on fait appel au Scooby Gang. (Sans se démonter, il entonna la chanson thème.) *Scooby Dooby Do*, je vois – ouaouh – des gros problèmes dans la petite ville de Sunnydale.

— Alex, protesta Willow. C'est pas ça, les paroles.

— Mais je plaisante pas, dit Alex. Et même qu'ils se dirigent droit vers nous, en ce moment même.

Buffy jeta un bref coup d'œil en direction de l'entrée du club. Telle la mer Rouge, la foule s'ouvrait devant Cordélia, au bras de laquelle Suz Tompkins était littéralement agrippée, donnant l'impression d'y être accrochée pour toujours. L'expression qui se lisait sur le visage de Cordélia aurait foutu les jetons à Frankenstein en personne.

Même dans le noir.

— On peut dire que, ça, c'est une chose qu'on n'a pas l'occasion de voir tous les jours, fit remarquer Oz.

— Suz Tompkins a l'air un peu bizarre, observa Willow.

— Je crois que le mot que tu cherches, Will, c'est « terrifiée », dit Buffy.

— Vous ne le seriez pas, vous, à sa place ? demanda Oz.

Cordélia fendait la foule du BRONZE, tel un tank à fond les ballons. Quand elle arriva à la table de Buffy, elle secoua le bras d'un geste furieux.

— C'est bon, on y est. Je peux récupérer mon bras, *maintenant* ?

Suz Tompkins lâcha le bras de Cordélia. A la seconde même où Suz lâcha prise, Cordélia se mit à examiner la manche de sa chemise en soie.

— Je te préviens que si tes sales pattes de racaille ont abîmé ma chemise, tu m'en rachètes une autre, annonça-t-elle à Suz Tompkins.

Maintenant qu'elle était effectivement à la table de Buffy, Suz Tompkins semblait s'être plus ou moins remise. Elle n'était plus blême de terreur, juste un peu verte. Même si Buffy reconnaissait que cela pouvait être dû à l'éclairage du BRONZE.

— Tu l'as eu en promo à Prisu, c'est ça ? demanda Suz.

— Tu rêves, répondit Cordélia. Tu confonds tes adresses avec les miennes. Oh, mon Dieu ! Je crois qu'il y a une tache de transpiration, là. (Elle leva le bras pour que les autres puissent constater par eux-mêmes.) Vous voyez ce que cette gamine qui veut jouer aux grandes m'a fait ?

Fermement résolu à éviter les histoires, Alex se laissa glisser de son tabouret :

— Cordélia, je t'offre quelque chose à boire ?

— Quelle idée vraiment formidable, dit Cordélia. Je crois que je vais prendre une piqûre antitétanique.

Alex s'empara de sa main. Cordélia la retira d'un geste brusque.

— Combien de fois faudra-t-il que je te dise de ne

pas me toucher en public ? dit-elle, en suivant néanmoins Alex vers le bar.

Suz les regarda s'éloigner, une expression glaciale sur le visage :

— Et comment ça se fait que vous supportiez ça ?

Bravo, pensa Buffy. *Parce que tu crois* vraiment *que le meilleur moyen de me demander de l'aide est de se foutre de mes amis…*

— A cause d'un truc qui s'appelle l'amitié, répondit-elle calmement. Ça te dit quelque chose ?

Suz Tompkins inspira un grand coup et se métamorphosa sous le regard stupéfait de Buffy. Son visage se décomposa, comme si elle avait mal. Ses épaules s'affaissèrent. Ses yeux soulignés d'un épais trait d'eye-liner se remplirent de larmes. Manifestement, les mots de Buffy l'avaient touchée au plus profond d'elle-même.

— Tu veux boire quelque chose ? demanda doucement Oz à Willow.

Cette dernière descendit de son tabouret et, main dans la main, Oz et elle disparurent dans la foule, laissant Buffy et Suz Tompkins seules. Suz hésita, comme si elle n'était pas sûre de ce qu'elle devait faire. Buffy fit un geste de la tête en direction du tabouret précédemment occupé par Willow.

— Assieds-toi.

Suz s'installa délicatement sur le tabouret, ayant visiblement toujours du mal à se dominer. Buffy réfléchit à la meilleure façon de mettre le sujet sur la table, navrée d'avoir l'impression d'être une assistante sociale. Dans ce genre de circonstances, aborder les autres et établir le contact n'était pas son fort.

— Alors, Suz, dit-elle. Qu'est-ce qui se passe ?

— C'est à propos de mes amies, commença Suz avant de s'arrêter net.

Elle serra vigoureusement les lèvres, comme si elle

craignait de se mettre à sangloter là, en plein milieu du BRONZE.

O.K., se dit Buffy. Elle allait jouer au jeu des questions puisqu'il le fallait. Elle aimait les questions. C'était bien, les questions. Tant qu'il ne s'agissait pas de questions du genre interro de maths.

— Tu penses qu'elles ont des problèmes ? suggéra-t-elle.

Cette fois, Suz fut bel et bien secouée par un sanglot. Un seul. Un son rauque plein de désespoir et de solitude. L'instant d'après, elle avait inspiré un grand coup et s'était reprise.

— Ça, on peut le dire, confirma-t-elle, son regard tourmenté croisant celui de Buffy de l'autre côté de la table. Je crois qu'elles sont en train de mourir.

CHAPITRE IV

Dans la grande maison blanche isolée sur la colline qui surplombait la ville, Webster et Percy se préparaient à être de vilains petits garçons vampires.

Leur Maman les avait mis en garde contre leurs penchants un peu fous. Elle avait conseillé à ses fils de ne pas y céder. Elle les avait mieux élevés que cela, tout de même. Une des caractéristiques d'un vrai gentleman était de ne jamais se laisser dominer par ses instincts les plus bas.

Mais Maman était aussi la première à reconnaître que les impulsions soudaines de Webster et Percy à lui désobéir étaient assez naturelles. Cela venait de l'âge qu'ils avaient lorsqu'ils avaient été transformés. C'était l'âge qu'ils auraient à jamais. Quinze ans. Un âge dominé par les hormones.

Ne sachant pas vraiment ce qu'étaient des hormones, les jumeaux n'étaient même pas sûrs d'en avoir encore. Mais s'il y avait une chose dont ils étaient certains, c'était qu'il y avait des moments où il valait mieux ne pas discuter avec leur mère.

Ce même soir, Maman les avait mis en garde contre quelque chose d'autre. Elle les avait prévenus qu'ils ne devaient pas se remettre en chasse trop tôt. Les choses se passaient bien à Sunnydale, et cela faisait longtemps qu'elles ne s'étaient aussi bien passées. Il aurait été absurde de se montrer gourmands et de tout gâcher.

Webster et Percy avaient acquiescé d'un signe de tête pour signifier qu'ils comprenaient. Mais alors même qu'ils manifestaient leur approbation, ils avaient déjà élaboré un plan à eux. Ils avaient déjà trouvé leur prochaine victime. En fait, cela faisait presque une semaine qu'ils la traquaient. Ils avaient même fait en sorte que, à une ou deux reprises, elle puisse les remarquer. Pas suffisamment pour les voir distinctement, mais juste assez pour qu'elle se sente suivie, et qu'elle pense que cette impression était bel et bien fondée. Que ce n'était pas son imagination qui lui jouait des tours. Mais autre chose.

Percy et Webster avaient pris goût à cette façon qu'elle avait de regarder par-dessus son épaule. A cette angoisse de se promener seule dans la rue qu'ils lui avaient transmise. Ils se disaient que, poussée par la peur, elle courrait vite et longtemps. Ils ne pensaient plus qu'à une chose à présent : la chasse finale.

Les jumeaux ne voulaient pas attendre. Ils ne voyaient pas l'intérêt d'attendre. Maman l'avait bien dit elle-même. *Les garçons sont comme cela, on ne les changera pas.*

— Allez, Webster, chuchota Percy en passant une jambe par la fenêtre de leur chambre et en se préparant à descendre par un pommier bien pratique pour l'occasion. Allons voir qui est de sortie ce soir.

Dans son dos, Webster lâcha un petit rire idiot :

— A part nous, bien sûr.

Buffy avait demandé un verre d'eau pour Suz Tompkins. Elle l'observa ensuite, ébahie : Suz but une longue gorgée, sortit un Kleenex de sa poche, le trempa dans son verre et se servit du mouchoir pour enlever son eye-liner. Sans maquillage, Suz avait l'air beaucoup plus jeune. Et beaucoup plus fragile.

— Bon, qu'est-ce qui se passe d'après toi ? demanda Buffy.

Elle parlait à voix basse à présent.

Le temps que Buffy aille chercher un verre pour Suz, un autre groupe avait pris la relève à la suite des *Dingoes*. Le genre de groupe s'efforçant de donner dans le réalisme social. Sur la scène du BRONZE, un bassiste accompagnait une grande fille maigre qui chuchotait dans le micro qu'elle tenait à la main. Son visage était entièrement dissimulé par un écran de longs cheveux bruns. Buffy n'avait pas la moindre idée de ce à quoi elle ressemblait.

— Je suis pas bien sûre, répondit Suz. (Ses paupières démaquillées paraissaient rouges et gonflées.) En tout cas, je n'ai aucune preuve. Je sais juste que quelque chose ne tourne pas rond, et je sais pas à qui en parler. Enfin, tu vois ce que je veux dire, les oreilles charitables ne se bousculent pas au portillon. T'as dû remarquer que je ne traînais pas franchement avec une bande de grosses têtes.

— Moi non plus, dit Buffy.

— Et Rosenberg, alors ? répliqua Suz. Il paraît que c'est un 20/20 ambulant.

— Oui, c'est vrai, acquiesça Buffy. Mais même avec mes maigres connaissances en maths, je crois qu'il faut plus d'une personne pour faire une bande.

Suz se détendit un peu, rit d'une voix étranglée et prit son verre d'eau. Elle s'apprêtait à le porter à sa bouche quand elle se rappela que son contenu méritait sans doute maintenant d'être qualifié de déchets dangereux. Elle le reposa brusquement. L'eau déborda du verre et se renversa sur la table.

Buffy poussa le soda qu'elle buvait vers Suz :

— Je te promets que je n'ai rien de contagieux.

Suz prit une gorgée, reposa le verre et se mit à jouer avec les glaçons à l'aide de la paille. En la regardant faire, Buffy eut subitement l'impression de voir la scène de l'extérieur et d'être dans la peau d'un parent face à une adolescente. Et elle se dit que c'était exactement ce que sa mère devait ressentir quand elle essayait de lui extirper des informations importantes. Des informations que Buffy préférait garder pour elle, même si elle savait qu'elle ne le devrait pas.

— Allez, Suz, dit Buffy. (Elle essaya de prendre ce ton préoccupé mais qui sous-entend « ne me raconte pas d'histoires » que Joyce prenait dans ce genre de situation.) Tu tournes autour du pot et tu le sais très bien.

— Oui, mais je me sens trop nulle ! s'écria Suz. Tu vas me prendre pour une dingue.

— Je t'assure que non, répondit Buffy.

Si elle avait appris une chose depuis qu'elle était devenue la Tueuse, c'était bien que rien n'était impossible. Il se passait vraiment des choses insensées, et Buffy en avait vu un bon paquet de près. Si une dure à cuire comme Suz avait peur, il devait y avoir une très bonne raison à cela.

— La première fois, c'était il y a environ un mois, dit Suz d'une voix hésitante. Leila Johns a tout simplement disparu. Heidi – Heidi Lindstrom, ma meilleure amie –, Leila et moi, on avait prévu d'aller au cinéma. Mais Leila n'est jamais venue, et elle n'est pas venue à l'école le lendemain matin. Mais comme, de toute façon, elle n'allait plus vraiment en cours, je ne crois pas que les profs s'en soient rendu compte.

Suz marqua une pause et but une autre gorgée du soda de Buffy.

— Est-ce que tu as parlé de cela à quelqu'un ?

demanda Buffy. Et la famille de Leila ? Ils ne savent pas où elle est passée ?

Suz secoua la tête.

— J'ai essayé de savoir, répondit-elle. Mais on peut pas dire que la mère de Leila et moi on ait de bons rapports. Elle trouve que j'ai une mauvaise influence sur elle ou un truc du genre.

Ou un truc du genre.

— Et la police ? demanda Buffy d'un ton insistant. Tu es allée faire une déclaration pour signaler sa disparition ?

Sur la scène, la chanteuse éclata brusquement d'un rire hystérique. Suz Tompkins en fit autant.

— C'est ça ! lança-t-elle sèchement. Regarde-moi, Buffy. Les flics pensent la même chose de moi que ta copine Cordélia et que la mère de Leila. Ils me collent l'étiquette *délinquante* au premier coup d'œil. Si je dis aux flics que je m'inquiète parce qu'une de mes copines n'est pas venue à un rencard au ciné, ils vont tellement se bidonner qu'ils vont en gerber leur p'tit déj'. Sérieux.

Buffy fit une grimace de dégoût. *Il y a vraiment des choses auxquelles même une Tueuse ne devrait pas être obligée de faire face.*

— Est-ce que Leila ne pourrait pas juste être partie sans le dire à personne, même pas à vous ?

Suz Tompkins secouait la tête avant même que Buffy ait terminé sa phrase.

— Elle n'aurait jamais fait ça, dit-elle en haussant le ton.

— Pourquoi ?

Suz devint rouge de colère.

— Parce qu'elle n'est pas comme ça ! lâcha-t-elle pratiquement en hurlant.

— Tu vas te calmer, oui ? intervint un type à la table d'à côté. Je n'entends pas le groupe.

Suz se tourna vers lui. Buffy eut l'impression qu'elle montrait vraiment les dents.

— Lâche-moi, fit-elle.

Sans un mot, le type prit son verre et alla s'asseoir à une autre table. Suz se retourna.

— Impressionnant, fit remarquer Buffy.

— Je savais bien que tu ne me croirais pas, dit Suz d'un ton accusateur. T'es comme les autres, c'est tout. Tu vois seulement ce que tu veux bien voir.

— Je ne vois que ce que tu me permets de voir, Suz, rétorqua Buffy. Si tu veux que j'en voie plus, il faut que tu me montres où regarder.

Joli, la psychologie à quatre sous.

Suz Tompkins prit sa tête dans ses mains. Ses épaules s'affaissèrent. La bataille qui la ravageait intérieurement semblait remonter à la surface. Buffy s'étonna de sentir une drôle de boule se former dans sa gorge. Elle était sensible au désespoir.

— Je ne sais pas si tu peux comprendre ça... mais... mes amies et moi... on a, on a... des règles, finit par dire Suz doucement. Aucune de nous ne fait rien d'important, rien qui puisse avoir des répercussions sur notre bande, sans que les autres soient au courant. C'est comme ça qu'on se protège, tu vois ? On fait gaffe aux autres. On s'occupe les unes des autres. Leila ne partirait pas sans dire quoi que ce soit. Aucune de nous ne le ferait. Ne me demande pas de t'expliquer comment je peux en être si sûre, c'est comme ça. *Je le sais, Buffy.*

— C'est pour cela que tu penses qu'elle est morte. D'une part, elle n'a pas dit qu'elle partait et, d'autre part, elle ne vous a pas contactées depuis.

Suz Tompkins hocha la tête. Elle se remit à jouer avec la paille, le corps contracté, comme si elle s'attendait à ce que Buffy la contredise à tout moment. Quand elle s'aperçut que ce n'était pas le cas, ses mains s'immobilisèrent. Concentrée, Buffy fronçait les sourcils, le regard absent, braqué de l'autre côté du BRONZE bondé, tournant et retournant les pièces du puzzle de Suz dans sa tête.

Même s'il était vrai que toutes les mauvaises choses qui arrivaient à Sunnydale n'avaient pas un lien direct avec la Bouche de l'Enfer, Buffy se gardait bien de partir du principe que la Bouche de l'Enfer n'avait *rien* à voir avec tout cela. Par ailleurs, il était possible, en théorie tout du moins, que Leila Johns se soit fait zigouiller par des types tout à fait normaux et pas très fréquentables.

Mais si ce n'était pas le cas ? Et si Buffy s'était bercée d'illusions sur la tranquillité qui régnait depuis quelque temps, alors qu'en fait les choses n'étaient pas si paisibles qu'elles en avaient l'air ?

Certaines des créatures qui venaient de la Bouche de l'Enfer cherchaient juste à causer quelques dégâts avant de se retirer en catimini. Tous ne tenaient pas à ce que la Tueuse sache qu'ils étaient dans les parages.

Buffy se rendait compte maintenant qu'elle avait entendu des rumeurs à propos de la disparition de Leila, mais qu'elle n'y avait pas vraiment prêté attention. Peut-être que Suz avait raison à son sujet. Peut-être était-elle effectivement comme les autres. Tous ces adultes qui se figuraient que, parce qu'une fille comme Leila sentait les embrouilles à plein nez, quand elle avait des ennuis c'était qu'elle le méritait, qu'elle l'avait bien cherché.

Buffy réalisa brusquement qu'elle regardait fixement quelque chose depuis un petit moment. Intuitivement son regard s'était porté sur l'endroit où Willow aidait Oz à remballer le matériel des *Dingoes*. Alex et Cordy étaient juste à côté. Comme on pouvait s'y attendre, Cordélia ne levait pas le petit doigt pour aider.

Maintenant qu'elle y prêtait attention, Buffy se rendit compte que Willow n'arrêtait pas de jeter des coups d'œil dans sa direction, essayant de deviner ce qui se passait.

Buffy savait ce que les gens pensaient quand ils les voyaient, elle et sa bande. A l'exception de Cordélia, ils étaient perçus comme des nazes et des nuls. Ils étaient les parias de Sunnydale.

Ce sont mes amis, pensa-t-elle. Ses amis, qui avaient prouvé d'innombrables fois qu'ils feraient pratiquement tout pour elle. *Nous avons des règles aussi*, réalisa-t-elle.

Et la première de ces règles était de ne pas enfreindre celles qu'ils s'étaient fixées, de ne pas manquer aux promesses qu'ils s'étaient faites mutuellement. Ils tenaient parole. Ils se serraient les coudes quoi qu'il arrive...

— Je ne retourne pas là-bas, décréta Cordélia. Vous ne réussirez pas à me faire changer d'avis. N'insistez pas, c'est tout.

Oz verrouilla son étui à guitare d'un coup sec.

— Ça a l'air bien chargé, fit-il remarquer.

— Ça, si vous étiez un *vrai* groupe, tu n'aurais pas besoin de porter ton matériel toi-même. Tu vois, tu aurais des fans pour le faire, par exemple.

Trois paires d'yeux convergèrent sur Cordélia.

— Qu'est-ce qu'il y a ? (Elle se redressa un peu, manifestement inquiète.) Rassurez-moi, je n'ai pas un truc entre les dents ? C'est pas ça, hein ?

— Je crois qu'il parlait de la discussion entre Buffy et Suz, finit par dire Willow calmement.

Pendant qu'Oz démontait le matériel des *Dingoes*, elle n'avait cessé de regarder la table à laquelle se trouvait Buffy de l'autre côté de la salle, et son expression était à la fois inquiète et pensive.

— Comment se fait-il qu'on ne nous enseigne rien d'utile à l'école ? se plaignit-elle. On devrait nous apprendre des trucs comme lire sur les lèvres, je sais pas, moi.

— Si Buffy a l'intention de fréquenter des gens comme Suz Tompkins, ce sera sans moi, reprit Cordélia. Il ne faut tout de même pas dépasser les bornes.

— Ni être bornée, la rembarra Alex.

Cordélia lui jeta un regard furieux.

— Qu'est-ce que tu peux être lourd ! C'est de naissance ou tu le fais exprès ?

Alex sourit.

— Ça, c'est moi qui le sais et c'est à toi de le découvrir, répondit-il.

— Pas la peine, rétorqua-t-elle. Je le sais déjà.

Buffy détourna le regard de ses amis. Elle avait une tâche à accomplir, et ce n'était pas en s'attendrissant sur eux qu'elle pourrait y parvenir.

— Qui d'autre a disparu ? demanda-t-elle à Suz Tompkins.

De l'autre côté de la table, Suz la regardait fixement. Dans ses yeux, Buffy vit que, lentement, elle commençait à comprendre.

— Tu me crois, alors ? demanda Suz.

— Je te crois, répondit doucement Buffy. Mais tu as dit « mes amies », Suz. Au pluriel, pas au singulier. Cela signifie bien que quelqu'un d'autre a disparu, non ? Qui ça ?

Suz eut à nouveau les larmes aux yeux. Buffy sentit sa gorge se nouer. Elle s'obligea à ne pas regarder encore en direction de Willow. Parce que, cette fois, elle savait ce que Suz allait lui dire.

— La semaine dernière..., dit Suz. (Sa voix était âpre et rauque. Elle s'éclaircit la gorge et reprit :) La semaine dernière, ça a été le tour de ma meilleure amie, Heidi Lindstrom.

Webster et Percy éprouvaient un sentiment proche de la déception.

Cela faisait plus d'une heure qu'ils parcouraient les rues, et ils n'avaient toujours pas trouvé la fille qu'ils avaient choisie. Webster pensait qu'il valait mieux s'en tenir là. A l'heure qu'il était, Maman avait dû se rendre compte de leur absence.

Et il fallait reconnaître qu'il y avait eu des fois où Maman avait embarrassé ses petits chéris. Elle n'hésitait pas à se mettre à leur recherche quand ils partaient à la chasse sans lui avoir préalablement demandé la permission – quand ils sortaient de leur propre chef et que cela les arrangeait d'oublier que les règles imposées par leur mère étaient pour leur bien.

Webster rappela à Percy que la vie était bien plus facile quand Maman était heureuse. Mais Percy n'était pas disposé à abandonner la partie. Pas encore. Non, non, non.

Il y avait un endroit où Percy désirait se rendre d'abord. Un endroit où il était presque sûr de trouver la fille. Le même endroit que celui où ils avaient trouvé leur dernière victime. Sauf que cette fois, Percy avait envie d'aller plus loin que la fois précédente. Il ne voulait pas rester dans la ruelle derrière à faire le pied de grue pour voir ce qui allait sortir. Cette fois, Percy souhaitait se rendre à l'intérieur, là où il y avait des proies et de l'action.

Cela signifiait qu'il leur faudrait prendre une apparence humaine, ce qui l'assommait. Mais même Percy avait suffisamment de bon sens pour ne pas se rendre dans un endroit bondé en gardant son apparence de vampire. Si Maman venait à l'apprendre, cela la mettrait sans aucun doute dans une rage noire. Et c'était une chose que Percy souhaitait éviter à tout prix.

— Cet endroit a un drôle de nom, dit-il à Webster en

l'attrapant par le bras pour le faire avancer plus vite. (Webster était parfois si lent que cela agaçait et gênait Percy. Cela nuisait à son image personnelle. Ils étaient jumeaux, tout de même.) Un nom de métal.

— L'Or, suggéra Webster.

— Non, ce n'est pas cela, dit Percy en entraînant son frère dans une rue sombre qu'ils remontèrent.

— L'Argent.

— Ce n'est pas cela non plus.

— Le Cuivre.

— Non, dit Percy avec impatience.

Il arrêta brusquement son frère en le tirant par le bras.

— Percy, geignit Webster. Tu as une attitude tyrannique *et* grossière. Si tu ne te montres pas plus gentil immédiatement, je le dirai à Maman quand nous rentrerons à la maison.

— Nous y sommes, Webster, dit Percy.

Il lâcha le bras de son frère et tendit la main.

— C'est le nom que j'allais dire, dit Webster.

Sur la pancarte au-dessus de la porte, on lisait LE BRONZE.

Cela avait nécessité pas mal de baratin et il avait fallu lui payer un autre verre, mais Buffy avait fini par convaincre Suz de laisser les autres se joindre à elles. Elle avait fait pencher la balance en faisant appel au sens de l'amitié de Suz. Le fait que Cordélia s'était tirée avait également joué en sa faveur. Suz devait respecter ses règles *à elle*. Si elle faisait confiance à Buffy, il lui faudrait aussi faire confiance à ses amis.

Une fois qu'ils furent tous réunis, Buffy mit ses amis au courant de l'histoire en deux mots. Ensuite, Suz confirma qu'elle consentait à impliquer le reste de la bande en leur dévoilant une dernière information.

Elle était presque certaine qu'elle était la prochaine

sur la liste. Parce qu'elle était convaincue d'être suivie. La traque avait commencé juste après la disparition d'Heidi.

Oz prit la parole en premier :

— Tu as vu qui c'était ? demanda-t-il d'une voix posée – c'est-à-dire à sa manière habituelle.

— Non, je les ai pas vraiment vus, répondit Suz. En tout cas, pas assez pour pouvoir les identifier si on me les montrait au milieu d'autres mecs chez les flics, mais suffisamment pour que cela me foute la trouille.

Elle plissa le front comme si elle essayait de se remémorer des détails.

— Je crois qu'ils étaient fringués d'une drôle de façon.

Willow s'étrangla avec une gorgée de soda. Suz se tourna vers elle.

— Tout le temps ? se hâta-t-elle de demander.

— Comment veux-tu que je le sache ? répondit Suz. Je les aide pas à s'habiller le matin.

— Non, je veux dire, t'as l'impression d'être tout le temps *suivie* ? expliqua Willow. Ou c'est, tu vois, seulement à certains moments ? Seulement quand il fait nuit, par exemple ?

Le regard pensif, Suz réfléchit. Si elle avait conscience du fait que la tension autour de la table était montée d'un cran, elle ne le montrait pas.

— Seulement quand il fait nuit.

Bon, pensa Buffy. *Voilà qui réduit nettement la liste des suspects.* Il existait beaucoup de choses qui n'aimaient pas bronzer, mais seulement quelques-unes pour lesquelles les rayons UV s'avéreraient immédiatement fatals en déclenchant une combustion spontanée.

Et en haut de la liste, on trouvait…

— Salut ! dit une nouvelle voix.

— Oh, ouaouh. Regardez, voilà Angel, s'exclama

Willow d'une voix aiguë. C'est trop, ça. Je veux dire, euh, quelle…

— Coïncidence, finit Alex à sa place.

Angel les regarda les uns après les autres, en plissant légèrement les yeux.

Il s'était habitué depuis longtemps au fait que l'accueil que lui réservaient les proches de Buffy pouvait varier – et variait – d'un soir sur l'autre. Ce n'était pas pour lui que cela l'ennuyait. Pas trop. Mais Angel n'aimait pas être un sujet de discorde entre Buffy et ses amis. Il considérait que le simple fait d'être la Tueuse était suffisamment difficile pour elle. Et notamment depuis l'histoire du méchant Angel alias Angélus cherchant à la tuer, elle et tous ceux qu'elle aimait.

A vrai dire, jusqu'ici, l'accueil de ce soir était plutôt positif, tout compte fait.

— Alors, les jeunes, je me trompe ou vous avez recommencé à vous entraîner ?

Comme d'habitude, ce fut Willow qui répondit. Alex s'adressait à Angel seulement quand il n'avait pas le choix. Comme, par exemple, dans les situations où son décès imminent semblait plus que probable.

Willow acquiesça d'un signe de tête :

— Nuit et jour. Et jour et nuit.

— Cela devrait suffire, répondit Angel sèchement.

Comment fait-il ? se demanda Buffy. La présence d'Angel la bouleversait à chaque fois. Et le fait qu'elle essaye de s'y préparer de son mieux n'y changeait rien ; il débarquait forcément au moment où elle s'y attendait le moins.

Mais bon, il fallait reconnaître qu'elle n'avait jamais été vraiment préparée à accueillir quelqu'un comme Angel dans sa vie. Comment une jeune fille pouvait-elle se préparer à accepter le fait que son âme sœur soit un vampire âgé de plus de deux cents ans ?

Il vint se placer à côté d'elle, mais il ne la toucha pas. Il le faisait rarement devant les autres.

— Angel, voici Suz. Suz, Angel, dit Buffy en se pliant à l'incontournable rituel des présentations.

— Salut, dit Angel.

— Salut, répondit Suz.

— Hum, dit Alex comme s'il était incapable de résister à l'opportunité de lancer une vanne. Comme mon cœur fond devant cette touchante petite scène.

Angel l'ignora.

— Buffy, dit-il en balayant nerveusement le BRONZE du regard. Il faut que nous parlions. Je...

— Ma parole ! Je crois bien que c'est eux, l'interrompit Suz Tompkins.

Toutes les têtes autour de la table se tournèrent dans la direction que Suz indiquait. Après quelques instants, Buffy remarqua deux types qui déambulaient dans le BRONZE.

Ils étaient habillés exactement de la même façon et portaient tous les deux un pantalon kaki et une chemise blanche classique. La seule chose qui les différenciait était leurs cravates. L'un d'eux portait une cravate bleu marine. Celle de l'autre était bordeaux foncé. Buffy ne voyait pas leurs pieds, mais elle aurait parié n'importe quoi qu'ils étaient chaussés de mocassins. Des mocassins préhistoriques.

Les types circulaient dans la salle, visiblement inconscients des regards appuyés et des ricanements dont ils faisaient l'objet, et ils tendaient le cou comme s'ils cherchaient à retenir le moindre détail de ce qu'ils voyaient autour d'eux. On aurait dit des gamins de cinq ans lâchés dans une confiserie – sans adulte pour les surveiller.

Quand ils repérèrent Suz, les deux garçons se mirent à se parler à voix basse. Celui avec la cravate bleu marine fit même un signe de la main. Cravate bordeaux lui rabattit brusquement le bras.

— C'est eux ? demanda Alex d'une voix incrédule. (Il se tourna vers Suz Tompkins.) T'as peur de Winnie et Tigrou ? Pourquoi tu ne leur as pas juste collé ton poing dans le bide, à ces petites choses ?

— Alex, intervint Buffy sur un ton d'avertissement.

— Quoi ? dit Alex. C'est une question sensée. Les esprits curieux tiennent à comprendre les choses.

— Tu as raison, dit Willow à Suz. Ils sont vraiment habillés d'une drôle de façon.

— Tout droit sortis d'une autre époque, ajouta Angel.

— T'es bien placé pour dire ça, riposta Alex en ricanant.

Mais alors, son expression changea comme s'il avait eu une idée subite.

— Attendez, dit Oz. C'est en train d'arriver au cerveau.

— Attends une seconde, continua Alex, son attention à présent entièrement fixée sur Angel. Serais-tu en train de nous dire que tu *reconnais* ces types ?

— Je ne les ai jamais vus de ma vie, répondit calmement Angel. En revanche, on pourrait dire que je... connais bien ce genre de personnes. (Ses yeux noirs cherchèrent ceux de Buffy.) Je suis prêt à parier qu'ils viennent de débarquer en ville.

— Bon, ben, dit Buffy qui se laissa glisser de son tabouret et se retrouva debout à côté d'Angel. Je dirais qu'un accueil chaleureux à la Sunnydale s'impose.

— Je pourrais savoir de quoi vous parlez ? se lamenta Suz.

Dix minutes plus tard, Buffy et Angel se trouvaient dans l'impasse derrière le BRONZE. Il ne leur avait pas fallu autant de temps pour mettre au point leur plan d'attaque, qui était franchement simple :

1. Localiser les jumeaux vampires.

2. Leur régler leur compte.

3. Fin de la soirée, chacun rentre chez soi.

Mais il avait fallu dix minutes à Buffy pour convaincre Suz de la laisser prendre les choses en main, pendant qu'Oz et Willow la reconduiraient chez elle avec Alex. Ensuite, il était prévu que le Scooby Gang retrouverait Buffy à la bibliothèque du lycée pour faire le point avec Giles.

Maintenant qu'elle avait bien vu ses deux traqueurs supposés, la peur de Suz avait en grande partie disparu. Elle était prête à les zigouiller elle-même sur-le-champ. Après avoir fait le nécessaire pour qu'ils lui avouent ce qu'ils avaient fait à Leila et Heidi. Buffy ne prit pas la peine de lui expliquer à quel type de torture il lui faudrait recourir dans leur cas.

— Suz a raison, dit Buffy, tandis qu'Angel et elle descendaient prudemment l'impasse.

Les types n'avaient pas eu l'air bien costauds, mais Buffy était une experte en apparences trompeuses. Elle avait déjà sorti un pieu.

— A quel sujet ? demanda Angel.

— Nous devrions au moins essayer d'avoir confirmation que ces types sont bel et bien responsables de ce qui est arrivé à Heidi et Leila.

— D'accord, dit Angel. Tu les chatouilles jusqu'à ce qu'ils crachent le morceau. Moi, je les tiens.

Buffy soupira.

— Toi, t'as recommencé à regarder Disney Channel. C'est ça ?

— Il faut bien que j'occupe mes journées. Je m'ennuie.

— T'as qu'à suivre des cours au lycée de Sunnydale.

— Oh, oh ! Regarde, Webster, dit une voix derrière eux.

Buffy se retourna, parfaitement synchrone avec Angel qui pivota simultanément. Les jumeaux du BRONZE se tenaient derrière eux. La lueur tremblotante de la lampe de la porte de derrière du club se réfléchissait dans leurs petits yeux jaunes de fouine. Maintenant qu'ils ne se trouvaient plus vraiment en public, les jumeaux avaient repris leur apparence de vampires et retrouvé leurs vraies couleurs.

— Tiens, tiens, murmura Angel. Ils sont capables de sauter par-dessus des bâtiments d'un bond.

Il aurait juré que la ruelle derrière eux était vide quelques secondes auparavant. Il avait vérifié. Angel savait assurer ses arrières, et il ne laissait jamais rien au hasard.

— Je t'avais bien dit que ce serait notre jour de chance, dit le vampire à la cravate bordeaux. Deux pour le prix d'un.

— Je n'en suis pas sûr, Percy, dit cravate marine d'une voix fébrile. Tu sais que Maman n'aime pas que nous nous lancions à l'aveuglette.

— Et qu'est-ce que tu comptes faire ? Tu vas aller lui rapporter ? le railla Percy.

— Tu n'as pas le droit de me parler comme cela ! geignit le vampire du nom de Webster. C'est Maman qui l'a dit.

— Des fils à maman, dit Angel d'un ton dégoûté. Je déteste les fils à maman.

Buffy lui donna un coup de coude dans le ventre.

— Et moi, je déteste que tu me piques mes répliques.

— Désolé, dit Angel.

— Tu peux te rattraper, suggéra Buffy avec un rapide battement de cils.

— Comment ?

Buffy leva son bras.

— Aide-moi à présenter M. Pointu à Brock et Schnock, ici présents.

Un sourire frivole éclaira fugitivement le visage d'Angel. Buffy sentit son pouls s'accélérer.

— Ils sont à toi, lui promit Angel. Mais c'est mon tour de compter.

— Tu ne vas jamais plus loin que trois, fit Buffy en feignant de se plaindre.

— Un… deux…, dit Angel.

La Tueuse et le vampire s'élancèrent, parfaitement à l'unisson et parfaitement en rythme.

CHAPITRE V

Webster chialait comme un veau, mais lui et Percy ne reculèrent pas. L'espace d'un instant, Buffy eut l'impression que tout ce qu'Angel et elle auraient à faire serait de marcher jusqu'à ces bouffons de jumeaux et de planter un pieu dans leurs sales petits cœurs de vampires.

Il est impossible que cela soit aussi facile, se dit-elle.

Elle avait raison. C'était impossible. Percy et Webster attendirent que Buffy et Angel soient presque arrivés à leur hauteur. Alors, eux aussi s'élancèrent en avant.

Buffy réagit instinctivement et, fourrant le pieu dans la manche de sa veste, elle se laissa tomber sur le dos, en expirant fort tandis qu'elle atterrissait violemment sur le trottoir de l'impasse. Telle une acrobate de cirque, elle leva la jambe droite en pliant le genou, et envoya un coup de pied en plein dans le ventre du vampire à la cravate bordeaux.

Elle profita alors de ce qu'il se pliait en deux pour l'attraper par les poignets et le précipiter à terre. A côté d'elle, elle entendit Angel grogner, et elle comprit qu'il faisait la même chose qu'elle, bien qu'elle ne le regardât pas pour voir de quelle façon il s'y prenait exactement.

Dès que le vampire se fut dégagé, Buffy bondit sur ses pieds et pivota brusquement. Le temps qu'elle se retourne, elle avait à nouveau le pieu en main, prête à frapper. Buffy ne se risquait pas à rester de dos, ne serait-ce même qu'un instant. Et il n'était tout particulièrement pas question de rester dos à un vampire en *mocassins*.

Les quatre adversaires se retrouvèrent à nouveau face à face.

— Oh ! C'était chouette, non ? demanda en souriant le vampire à la cravate bordeaux, les canines luisantes. Tu n'as pas trouvé cela chouette, Webster ?

— Il a sali ma chemise, répondit Webster. (Buffy dut reconnaître qu'elle était impressionnée. Il y avait si peu de personnes, mortes ou vivantes, capables de lancer un regard furieux et de bouder en même temps.) Allons-nous-en d'ici, Percy. Je veux rentrer à la maison.

— Eh bien, au moins, l'un de vous deux est plus intelligent que vous n'en avez l'air, fit remarquer Angel.

Webster fit la moue.

— Tu es méchant, dit-il. Je crois que je ne t'aime pas, toi. De plus, tu n'as absolument pas le droit de me parler comme cela. Cela déplairait à Maman. Tu n'imagines même pas ce dont elle serait capable si elle l'apprenait.

— Je crois que je vais prendre le risque, répondit Angel.

— Oh, tu entends cela, Webster ? Mais c'est qu'on est intelligent, hein ? fit Percy en attrapant son frère par le bras pour le faire taire. Pour le prouver, nous allons tous répondre à cette petite devinette. Deux d'entre nous peuvent s'échapper quand nous le voulons. Deux d'entre nous sont faits comme des rats dans un piège. Qui est qui ?

Buffy réalisa qu'il avait raison. Le changement de position avait donné un avantage potentiel aux vampires. L'entrée de l'impasse s'ouvrait derrière eux, alors que Buffy et Angel étaient dos au cul-de-sac. Faits. Comme des rats. Un piège. Description plutôt juste. Bien évidemment, il allait de soi que Buffy n'allait pas l'admettre officiellement. *Plutôt mourir*.

Ou plutôt que, eux, meurent.

— Viens par ici que je te donne la réponse, les défia-t-elle.

— Tu as du cran, fit remarquer Percy en souriant. Ça me plaît. Même si tu as une drôle d'allure. Mais je veux bien faire preuve de compréhension, vu les circonstances.

Buffy en croyait à peine ses oreilles. Un vampire avec des goûts de chiottes des années 1950 la vannait sur ses choix vestimentaires ? *Non mais, pitié !*

— Serais-tu en train de me dire que tu choisis tes victimes en fonction de leur *look* ? demanda-t-elle d'un ton incrédule. Tu ne trouves pas ça superficiel ?

— Cela n'a rien de superficiel, intervint Webster sur la défensive. L'apparence est très importante. Il faut sauver les apparences quoi qu'il arrive. C'est Maman qui le dit.

— C'est la baronne de Rothschild ou quoi, ta mère ? marmonna Buffy.

— C'est bon ? Vous avez fini de discuter ? demanda soudain Angel. Parce que au train où vont les choses, je me dis qu'on ferait aussi bien de s'installer confortablement et d'attendre le lever du soleil.

— Oh, non ! s'écria Webster d'une voix perçante. On ne peut pas faire cela. Nous ne pouvons pas laisser le soleil nous toucher ou nous nous désintégrerons.

Angel ricana et se transforma en vampire.

— A qui le dis-tu !

Les jumeaux reculèrent d'un pas en sursautant. *Alors ça, c'est un peu facile, Angel*, pensa Buffy.

— Attends un peu ! geignit Webster. Ce n'est pas juste. Tu es censé être de notre bord.

— Je vous conseillerais de reprendre très vite vos esprits, dit Angel. Parce que je ne suis pas de votre bord. Pieu, poursuivit-il, en tendant une main vers Buffy.

Sans quitter les jumeaux des yeux, la Tueuse fouilla

dans la poche de sa veste, en sortit un pieu et le colla dans la paume tendue d'Angel.

— Ne te blesse pas avec ça, l'avertit-elle.

— J'ai d'autres projets, tu peux me faire confiance. Je prends le geignard.

— Je te le laisse, lui assura Buffy. Tout ce que je demande, c'est deux, trois minutes avec notre consultant mode et beauté ici présent.

Elle se mit en position de combat et fit sauter son pieu d'une main dans l'autre, en observant Percy qui suivait le pieu des yeux.

— C'était vraiment sympa, les gars, dit Angel.

Alors, Webster se contenta de se retourner et se mit à courir, suivi de près par Angel. Buffy fut persuadée d'avoir entendu un dernier « *Maman !* » avant qu'ils ne disparaissent tous les deux au coin de l'impasse. Elle continua à faire sauter son pieu d'une main dans l'autre, tandis que Percy et elle se mettaient à se tourner mutuellement autour.

Buffy restait au ras du sol, se déplaçant à pas lents et fluides. Webster était un faible et un lâche, il n'y avait pas de doute là-dessus. Mais il était clair également que Percy se battrait comme une bête féroce, une fois qu'elle l'aurait coincé. Même si elle voulait lui faire la peau, Buffy se gardait bien de se ruer sur lui d'entrée de jeu : son instinct et tous ses sens lui disaient que Percy lui préparait des coups en vache.

Elle fit passer le pieu dans sa main gauche. Percy fit brusquement une feinte à droite, espérant la prendre au dépourvu et lui faire perdre l'équilibre. C'était exactement le genre d'attaque que Buffy attendait. Le genre qui lui donnerait l'ouverture qu'elle souhaitait.

Elle leva la jambe droite et lui décocha lestement un coup de pied en biais, qui atteignit le jeune vampire violemment au ventre. Percy se plia en deux. Buffy leva le bras pour lui asséner un coup dans la nuque et le faire tomber, mais avant qu'elle n'ait pu le frapper, Percy tendit un bras.

Les doigts du vampire enserrèrent l'arrière d'un des genoux de Buffy qu'il tira brutalement en avant. L'articulation plia. Buffy tomba. Percy recula précipitamment hors de sa portée. Il se redressa tandis que Buffy se relevait. La Tueuse et le vampire se tournèrent de nouveau autour, le pieu passant d'une des mains de Buffy à l'autre à toute vitesse.

Sous le coup de la colère, Buffy eut envie de se jeter sur Percy et d'en finir. Mais elle s'obligea à ralentir le mouvement. Il lui fallait d'abord faire une chose. Une chose qu'elle s'était promise – et qu'elle avait également promise à Suz Tompkins. Elle recommença à faire sauter le pieu à un rythme plus lent et plus régulier. Gauche. Droite. Droite. Gauche.

— Tu sais que tu n'y arriveras jamais, lui dit Percy, d'un ton qui aurait pu laisser penser que Buffy et lui devisaient gaiement autour d'un thé. Mais si tu laisses tomber maintenant, je te jure que je ne serai pas long à conclure.

— C'est ça, dit Buffy en hochant la tête. Vous, les mecs, morts ou vivants, vous faites tous les mêmes promesses.

Elle sentait son pouls battre rapidement et légèrement. Elle avait un drôle de goût dans la gorge mais elle ne parvenait pas à l'identifier.

— Alors, qu'est-ce que tu attends, ma belle ? Je suis là. Tu ne veux pas en finir ? lança Percy d'un ton railleur.

Gauche. Droite. Droite. Gauche. Buffy observait les yeux de Percy qui essayaient de ne pas regarder le pieu. Elle savait que ce qu'elle faisait commençait à le perturber et à l'énerver. Buffy sourit. C'était cool de perturber. Et d'énerver. Elle aimait vraiment bien énerver.

— Et toi, qu'est-ce que t'en penses, l'intello ?

— Je pense que, quand tu n'as pas un grand costaud à tes côtés, tu n'es pas aussi courageuse que tu veux bien le faire croire, fit Percy d'un ton brusque. (Il ne se contrôlait plus autant maintenant.) Tu crains qu'une gamine comme toi ne puisse pas terminer la tâche qu'elle a commencée. Eh bien, je vais te dire une chose. Tu as bien raison, ma petite chérie.

Buffy fit passer le pieu dans sa main droite, puis le fit virevolter, le bois tapant contre sa paume avec un bruit sec. Manche. Pointe. Manche. Pointe. *Tu vas mourir plus tard. Tu vas mourir maintenant. Tu vas mourir plus tard. Tu vas mourir maintenant.*

— Arrière, sale vampire sexiste ! le provoqua-t-elle.

— Oh ! fit Percy d'une voix aiguë. Tu sais dire des cochonneries. J'adore ça. Je retire ce que j'ai dit tout à l'heure, à savoir que tu n'étais pas assez bien pour moi. Je te trouve absolument parfaite, ma petite chérie. Viens donc par ici et laisse-moi te le prouver.

Buffy reconnut soudain le goût qui emplissait sa bouche. C'était le goût de l'indignation. Du dégoût. Elle n'avait jamais été une grande fan des vampires, mais celui-ci battait tous les records.

Elle devait reconnaître que Percy et son frère faisaient seulement leur boulot de vampires, mais ils y avaient ajouté une touche personnelle qui ne plaisait pas du tout à Buffy. Ils s'étaient délibérément attaqué à des adolescentes. Et si Buffy avait bien compris l'histoire, ils avaient choisi leurs victimes à cause de leur look.

Ah ! Ils jouaient les justiciers de la mode ? Comme s'il n'était pas assez difficile comme ça d'être une fille et d'avoir entre douze et vingt ans.

De la main droite, Buffy agrippa fermement le pieu par le manche et le fit osciller devant elle. *Tu vas mourir maintenant. D'un infime moment à l'autre.*

— C'est donc comme ça que vous avez choisi les deux autres filles. Il y en a eu seulement deux, c'est bien ça ?

— Déjà deux, et avec toi cela fera trois, reconnut Percy.

— Mais pourquoi elles ? demanda Buffy. A cause de leur apparence ? Qu'est-ce qu'elles avaient ? Elles étaient trop maquillées ?

— Elles n'avaient pas l'air de dames, répondit Percy. Tout comme toi. Les dames doivent être douces et paraître féminines. Maman dit que les filles qui ne le sont pas ne sont bonnes qu'à une chose.

Etre des victimes, pensa Buffy. Elle sentit le goût amer affluer dans sa bouche. Un long et fin filet de bile lui remonta de la gorge. Elle le ravala.

Manifestement, la mère adorée de Percy l'avait laissé regarder beaucoup trop de films d'horreur démodés. Depuis *Le Blob*, tout le monde savait que le plan « dégaine égale mort » était dépassé.

— C'est marrant, dit-elle. Ma mère à moi m'a toujours dit que l'habit ne fait pas le moine, et qu'il ne faut pas juger sur les apparences. Mais dans ton cas, je suis prête à faire une exception.

— Ah, ah ! Très drôle. dit Percy. Tu vas me faire mourir de rire.

— Tant que tu meurs, c'est tout ce qui compte.

Décidant qu'elle en avait plus qu'assez, Buffy s'élança vers lui. Percy se pencha et plongea. Buffy laissa échapper un grognement lorsque la tête aux cheveux en brosse du vampire vint s'écraser dans le creux de son estomac. Tout en hurlant, Percy continuait à asséner ses coups de tête à Buffy, l'envoyant valser brutalement contre le mur le plus proche. La tête de Buffy cognait sur les briques avec un son sourd et horrible. Elle avait atrocement mal au crâne. Des taches blanches de lumière vive et brûlante dansaient devant ses yeux.

Elle eut le réflexe de serrer les genoux pour rester d'aplomb et s'empêcher de glisser le long du mur. Elle secoua la tête, essayant désespérément d'éclaircir sa vue brouillée. Elle voyait deux Percy à présent.

— J'adore ce bruit, pas toi ? demandèrent les deux Percy, tandis qu'ils reculaient en se trémoussant, pour se mettre hors d'atteinte d'un coup de pieu.

Des vampires intelligents auraient mis à profit l'avantage qu'il avait, mais pas les vampires de l'espèce de Percy. Le jeu du chat et de la souris les branchait trop.

— La tête de la dernière fille faisait ce bruit-là aussi, lui confièrent les Percy. Comme un bon gros melon bien mûr. Mais ne t'inquiète pas. Elle n'a rien senti. Pas à ce stade en tout cas.

Buffy parvint à inspirer pour la première fois depuis le début de ce tête-à-tête intime avec le crâne du vampire. Elle avait l'impression qu'un ouvrier baraqué lui perforait les tympans avec un énorme marteau-piqueur.

Elle secoua de nouveau la tête, mais plus vigoureusement cette fois-ci. Ses terminaisons nerveuses demandaient grâce en hurlant. Une explosion de lumières colorées se fondit dans les taches blanches devant ses yeux. Mais cela fonctionna. Sa vision s'éclaircit. Pas de commotion. *Excellent.*

Il n'y avait plus devant elle à présent qu'un seul vampire incroyablement crispant. Un vampire incroyablement crispant qui, d'après Buffy Summers, n'avait plus très longtemps à vivre.

— Tu parles toujours autant ?

— Bah, tu voulais savoir pour les autres, protesta Percy d'un ton blessé. Si tu ne veux pas savoir, t'as qu'à pas demander. Ce n'est pas la peine de te montrer mal élevée.

— C'est ce que dit Maman ? demanda Buffy.

Elle avançait en biais vers lui. Elle se rapprochait. Elle avait à moitié traversé l'impasse, quand son avancée fut interrompue par un cri larmoyant :

— *Maaaman*…

A sa plus grande surprise, Buffy vit Webster réapparaître à l'entrée de la ruelle, talonné par Angel.

— Comment se fait-il que vous reveniez ? demanda la Tueuse.

— Je crois bien que c'est une histoire de liens affectifs entre jumeaux, répondit Angel, tandis que Webster et lui arrivaient à toute vitesse sur elle.

— Webster, fais attention ! cria Percy.

Mais c'était déjà trop tard. Buffy tendit le pied. Webster vola, sa cravate bleu marine flottant par-dessus son épaule. Il atterrit dans la rangée de poubelles en face de la porte du BRONZE et s'immobilisa. Percy se jeta sur le dos d'Angel en poussant un cri de rage.

Angel se retourna et recula à toute vitesse et de toutes ses forces. Cette fois, ce fut la tête de Percy qui fit ce délicieux bruit de melon. Une fois, deux fois, Angel précipita violemment son dos contre le mur du BRONZE. Mais Percy y restait accroché comme une sangsue.

— Plan B ! cria Buffy.

Angel avança en chancelant. Buffy courut droit jusqu'au mur, sur lequel elle fit deux rapides pas pour prendre appui. Puis elle bondit, fit volte-face en l'air et retomba, plongeant son pieu en plein dans le dos de Percy.

Grondant de douleur et de rage, celui-ci renversa la tête en arrière. Une fraction de seconde, ses yeux jaunes et bestiaux fixèrent Buffy.

— Maman ne va pas aimer ce que tu viens de faire, dit-il.

Buffy arracha le pieu et Percy tomba en poussière.

— Espérons juste qu'elle sache utiliser un chiffon à poussière.

Angel se frotta le haut du dos pour en ôter les cendres du vampire.

— Oh ! désolée, fit Buffy en levant le bras pour l'aider.

Angel haussa les épaules.

— C'est pas grave.

Buffy et Angel se tournèrent ensemble du côté où Webster était étendu au milieu d'un tas de poubelles retournées au fond de l'impasse. Buffy espérait vraiment qu'aucun des habitués un peu chauds du BRONZE n'y avait rien jeté d'immonde ces derniers temps. Elle avait l'impression que Webster le geignard n'allait pas en sortir. Ce qui signifiait qu'il lui faudrait aller le chercher là-dedans.

— Tu as tué mon frère, dit Webster d'une voix plaintive. (Il s'assit dans un bruissement d'ordures.) Tu n'avais pas le droit de faire cela.

— Ah bon ? Et qui a dit ça ? demanda Buffy. Le *Manuel des bonnes manières et de l'art de vivre à l'usage des jeunes vampires* ?

— Je crois que tu devrais dire « l'art de *mourir* des jeunes vampires », ajouta Angel.

— Toi, je ne t'aime pas, lui déclara Webster.

— Oh zuuut ! Tu m'as gâché la soirée.

— T'inquiète, dit Buffy à Angel pour le « consoler ». Je ne vais pas le laisser te contrarier. Je m'occupe de lui.

— Maman ! hurla Webster. Maman, aide-moi ! Où es-tu ?

Buffy entendit une voix au loin qui hurlait :

— Webster !

Immédiatement, Angel se retourna et vint se placer dos à dos avec Buffy.

— Je crois que nous devrions conclure, dit-il. On dirait bien que la cavalerie arrive.

— Ça t'énerve pas quand les parents s'en mêlent ? grommela Buffy.

Webster se releva de son tas d'ordures tel un phénix renaissant de ses cendres. Il avait un emballage de *Snickers* collé sur le devant de sa chemise. Buffy se dit que, vu la scène, c'était très approprié[1].

— Vous ne pouvez pas me tuer, les défia Webster. Plus maintenant. Ma Maman arrive. Elle me protégera, vous verrez. Et elle va vous faire regretter ce que vous avez fait à Percy.

— Webster ! Percy ! cria une voix à l'entrée de l'allée. Où êtes-vous, les enfants ? Vous savez que je n'aime pas que vous vous éclipsiez dans mon dos. Ce n'est pas gentil de laisser votre maman s'inquiéter.

Dans son dos à elle, Buffy sentit Angel se raidir brusquement.

— Ne te retourne pas, la prévint-il.

— Ah bon, pourquoi ?

— Parce que je crois que tu ne vas pas aimer.

— Je suis là, Maman ! glapit Webster. (Il s'éloigna du tas de poubelles de quelques pas hésitants et montra Buffy d'un doigt tremblant.) Elle a *tué* Percy, Maman ! Elle l'a frappé dans le dos. Elle ne l'a même pas laissé mourir avec dignité.

Buffy entendit un grondement de la mère vampire, et ce son qui remontait de sa gorge lui retourna l'estomac. Elle n'avait pas besoin de la voir. Elle avait déjà entendu ce son auparavant. Et suffisamment souvent pour reconnaître le son du Mal, et pour savoir que c'était toujours le même son, quelle que soit l'apparence du Mal.

1. *Snickers* signifie littéralement « ricanements ». *(N.d.T.)*

— Dévergondée, dit la mère vampire. (Sa voix retentit dans toute la ruelle avant d'arriver à Buffy.) Lâche.

— Bon, décidez-vous, répondit Buffy. Laquelle des deux ?

La seule réponse qu'elle obtint fut le son de chaussures à talons descendant inexorablement la ruelle.

— Eloignez-vous de mon fils, dit la mère vampire d'une voix sifflante. Si vous m'écoutez, je vous promets d'être gentille avec vous. Je me bornerai à vous tuer.

— Je vous l'avais bien dit, les nargua Webster, d'une voix triomphante. Ma Maman est là maintenant. Vous ne pourrez pas...

A ce moment-là, la porte du BRONZE s'ouvrit brusquement et une silhouette sortit du club en vacillant dans la ruelle. Un garçon qui avait visiblement consommé de l'alcool sans aucune modération. Il avait une main plaquée sur la bouche et se tenait le ventre de l'autre.

— Retourne à l'intérieur ! lui cria Buffy.

Interloqué, le type leva la tête. Dans la lumière changeante de l'impasse, Buffy vit que son regard vitreux n'était pas posé sur elle mais sur quelque chose derrière elle. Elle le vit ouvrir de grands yeux, des yeux immenses, des yeux énormes – et vit son visage prendre la couleur du lait.

Il se retourna subitement en se pliant en deux. Et il vomit la totalité de ce qu'il avait mangé au BRONZE.

— Beurk ! cria Webster. Regardez ce que vous avez fait à mes chaussures neuves !

Bon, se dit Buffy. *Ça commence à bien faire. Il est temps d'en finir et de se tirer d'ici.*

Elle avança prestement de deux pas, poussa Monsieur Abus d'alcool à l'intérieur du BRONZE et claqua promptement la porte derrière lui d'un coup de pied.

Elle entendit dans son dos la mère vampire qui passait à l'action en grondant. Elle perçut le son lourd des os qui s'entrechoquaient quand Angel et elle se percutèrent avant de s'écarter l'un de l'autre. La mère vampire fit entendre un autre grognement, un son féroce et bestial. Buffy leva le pieu qu'elle serrait toujours dans son poing et avança encore d'un pas.

— Ma maman est juste derrière toi, l'avertit Webster d'une voix fébrile, tout en essayant de reculer d'un pas. (Ses pieds dérapèrent sur les vomissures fraîchement répandues sur le sol de l'impasse.) Tu ne peux pas…

Cette fois-ci, ce fut Buffy qui l'interrompit. Elle fit un dernier pas en douceur tandis que son bras balançait un habile et rapide coup droit. Le pieu alla se planter en plein dans la poitrine de Webster.

— Qu'est-ce qu'on parie ? demanda la Tueuse.

— Hé ! dit Webster. Tu l'as fait quand même. Ce n'est pas juste. Tu n'avais pas le droit !

Alors, tout comme son frère, il se désintégra. L'emballage de *Snickers* voltigea dans l'air avant de retourner s'écraser parmi le reste des ordures.

Buffy réalisa qu'un silence absolu régnait à présent dans l'impasse derrière elle.

Elle se retourna lentement et se figea en découvrant à son tour la mère vampire, qui se tenait juste après Angel à mi-chemin de l'impasse environ.

Elle était grande, presque aussi grande qu'Angel, et elle était incontestablement beaucoup plus large. Elle portait une robe bleu turquoise, parsemée d'énormes fleurs blanches, qui ressemblaient à des marguerites, mais il était difficile d'en être certain. Elles étaient si grosses. Et il y en avait tant.

En revanche, elle vit que le centre des fleurs était de la même couleur que les yeux de la mère vampire. D'un jaune agressif et flamboyant.

Ses cheveux étaient amassés et entortillés sur le sommet de son crâne, maintenus par une gigantesque barrette en strass. Elle portait des chaussures turquoise ornées de boucles en forme de marguerite.

La tension qui régnait était telle que Buffy la sentait qui flottait ; tellement épaisse qu'on aurait pu la couper au couteau, comme si elle avait une forme et une substance. Et il y avait quelque chose d'autre. Quelque chose qui aurait adoré la mettre en pièces, là, sur place.

De la haine. Pure et simple. Et puissante.

Angel a raison, se dit Buffy. *Je n'aime pas ça. Mais alors, pas du tout*.

Dans le silence chargé, la voix d'Angel s'éleva :

— Je le sens mal.

Buffy s'apprêtait à répondre, mais elle n'en eut pas la possibilité. La mère vampire renversa la tête et ouvrit grand la bouche. Une furieuse mélopée funèbre retentit alors dans toute l'impasse.

Angel fit un pas chancelant en arrière et attira Buffy contre lui comme pour l'abriter, tandis que la complainte les enveloppait, froide et mordante comme un vent d'hiver. Les cherchant. Les fouettant. Brûlant de les détruire.

Buffy savait que le Mal avait un son, une voix, tout comme le chagrin. Mais, jusqu'à cet instant, elle ne savait pas que les deux pouvaient s'exprimer d'une seule et même voix.

La plainte s'éternisait. Elle n'en finissait pas. Elle dura si longtemps que Buffy eut l'impression que son monde, son univers tout entier, se réduisait à ce hurlement. Qu'il était tout ce qu'elle connaissait et avait jamais connu. Tout ce qu'elle serait capable de se rappeler. Le son de ce cri retentirait à travers les âges. Il se poursuivrait encore quand l'Enfer gèlerait. Et d'après elle, il en serait même la cause.

Buffy avait envie de plaquer ses mains sur ses oreilles, mais elle s'obligea à rester immobile. Si elle cédait à la tentation pour ne plus entendre ce cri, elle était certaine que la mère vampire aurait un avantage sur elle.

De quelque part loin, très loin, en elle, une seule pensée lui vint :

Alors Buffy, à la question : *« Qu'est-ce qui glace le sang ? »* c'est votre dernier mot ?

Puis, aussi brusquement qu'il s'était élevé, le cri se tut. Une fois de plus, le silence s'abattit sur l'impasse. Si pur et si total que Buffy sentait son sang parcourir ses veines, sa poitrine se lever au rythme de sa respiration. Et son cœur battre éperdument la chamade.

Je suis vivante, se dit-elle. *Je suis humaine.* La créature devant elle pouvait bien faire entendre un hurlement dément et barbare à réveiller les morts. Mais c'était assez logique. Elle *était* morte.

Buffy vit alors la mère vampire faire un pas en avant.

— Oh, oh, dit Angel à côté de Buffy.

— Tu rigoles, répondit Buffy. T'as vu la taille des fleurs sur sa robe ?

— Tu as tué mes fils, fit la mère d'une voix sifflante à travers ses dents irrégulières. Et maintenant je vais te le faire payer.

Joyce Summers était assise dans son salon, des photos de sa fille étalées autour d'elle.

Les clichés des premières années de la vie de Buffy étaient déjà dans l'album. Buffy en bas âge. La petite enfance de Buffy. L'entrée de Buffy au jardin d'enfants. Le début de la série chronologique des photos de l'école primaire.

Joyce avait mis la photo de Buffy dans son premier camion rouge dans l'allée de leur maison de Los Angeles, son père agenouillé à côté d'elle, une main sur la poignée du camion.

Et puis, il y avait cette photo sur laquelle Buffy, toute nue dans la baignoire, entourée de milliers de bulles blanches aériennes, tenait son canard en plastique en l'air comme si elle venait de gagner un oscar.

Il y avait une photo d'un de ses premiers goûters d'anniversaire, avec un gâteau qui contenait une vraie poupée. En fait, le gâteau lui-même était la robe de la poupée. Joyce se rappelait qu'il lui avait fallu toute la matinée pour décorer les plis de la robe en glaçage. Et environ cinq minutes à Buffy et ses copines pour tout engloutir.

Buffy avait toujours la poupée.

Cette poupée avait été – avec Monsieur Toto, son cochon en peluche – une des choses que sa fille avait absolument tenu à emballer elle-même quand elles avaient quitté Los Angeles pour emménager à Sunnydale.

Joyce parcourut l'album jusqu'à la nouvelle page blanche, en décolla la pellicule plastique et regarda avec attention les photos posées sur la table basse devant elle. Après un instant de réflexion, elle choisit une photo de Buffy et de Célia, sa cousine préférée. C'était une des rares photos qu'elle avait des filles ensemble. Célia était morte à l'âge de huit ans.

Les deux fillettes se tenaient enlacées. Célia était en jean et en tee-shirt. Des vêtements classiques d'enfant. Mais Buffy, elle, portait son costume de Super-Girl. Elle s'était tellement identifiée à son idole qu'elle ne voulait jamais quitter son déguisement.

Le seul moyen de le prendre pour le laver était de le lui enlever pendant son sommeil, se rappela Joyce.

Elle glissa la photo sur la page et en choisit promptement une autre, une de Buffy et de son père debout côte à côte. Buffy portait une robe de soirée rose à froufrous, des collants et des chaussures blanches vernies avec un sac à main assorti. Ses lèvres esquissaient un sourire pour l'objectif, mais ses yeux ne souriaient pas.

Cette photo avait été prise le jour des huit ans de Buffy, l'année où elle n'avait pas voulu organiser un goûter parce que Célia ne pouvait pas venir. Où elle avait compris que Célia ne reviendrait plus jamais à son anniversaire. Célia était partie. Elle était morte. Afin de la gâter pour essayer de lui remonter le moral, le père de Buffy l'avait emmenée à un spectacle de patins à glace pour la toute première fois.

En dessous de la photo de l'anniversaire, Joyce plaça une autre photo remontant à quelques mois plus tard : Buffy avec sa première paire de patins à glace à elle. On pouvait encore déceler quelques ombres dans ses yeux, mais cette fois, ils riaient.

Joyce fit glisser la photo dans l'album, rabattit la pellicule plastique et la lissa, le regard soudain vide.

Comment est-ce arrivé ? se demanda-t-elle.

Comment sa fille avait-elle pu grandir si vite ? Grandir et devenir ce qu'aucune d'elles deux n'aurait pu prévoir, peut-être même ce qu'aucune d'elles deux ne souhaitait. Joyce comprenait que ce que Buffy était – et ce qu'elle faisait – se révélait extrêmement important. C'était quelque chose que littéralement personne d'autre ne pouvait être ou faire.

Mais choisir ne représentait pas la même chose que d'être choisie.

Et, quoi que Buffy ait pu choisir, cela s'était perdu en chemin. Elle était l'Elue, la Tueuse. Tout le reste était secondaire. Et le fait que sa mère puisse par moments être déchirée à cause de tout ce que Buffy n'aurait jamais la possibilité d'être n'y changeait rien. Ce que Joyce désirait, ce que Buffy aurait pu choisir, tout cela n'avait plus aucune raison d'être.

Tel un robot, Joyce retira brusquement l'album de sur

ses genoux et se rendit à la cuisine. Elle ouvrit la porte du congélateur. C'est bien ce qu'elle pensait. Buffy avait fini la glace et oublié de le lui dire. Si Joyce en voulait, il lui faudrait faire un saut au supermarché.

Elle avait soudain terriblement envie de quelque chose de sucré. De quelque chose de froid. N'importe quoi, pourvu que cela lui enlève cette sensation douloureuse, chaude et sèche dans la gorge. Elle aimait sa fille. Elle faisait des efforts considérables pour faire honneur à ce que Buffy était. Mais il y avait des fois où, lors de soirées tranquilles comme celle-ci, c'était très, très dur.

Consciemment cette fois, Joyce retourna dans le salon, envoya valser ses chaussons et enfila ses baskets. Elle n'allait pas rester là à ressasser des choses qui ne pouvaient pas être changées et auxquelles on ne pouvait rien. Elle était plus résistante que cela, comme sa fille.

De plus, l'album n'était-il pas censé chanter les louanges de Buffy ?

Et pourtant, Joyce Summers, la mère de la Tueuse, s'attarda, une main sur la porte et l'autre tenant fermement la bandoulière de son sac à main. Et récita la prière qu'un millier de mères, un million de mères récitaient et avaient récitée un million de fois dans toutes les langues imaginables. Bien qu'aucune n'ait prié avec plus de ferveur que Joyce, ou pour exactement les mêmes raisons.

Je vous en prie, pensa-t-elle. *Faites seulement qu'il n'arrive rien à mon enfant.*

Quoi qu'elle fasse. Où qu'elle soit.

CHAPITRE VI

— Alors, qu'est-ce que tu proposes ? demanda Buffy.

— Désolé, répondit Angel. Je suis à court d'idées.

— On pourrait le faire à pile ou face, suggéra Buffy. Pile, on se bat. Face, on se bat.

— D'accord, on se bat.

— J'étais sûre que tu dirais ça.

La mère vampire leva les bras, révélant ainsi un bon centimètre d'une combinette en dentelle blanche et un soupçon de la culotte d'une paire de collants. Buffy ne put réprimer un frisson.

Elle avait déjà eu à affronter des choses qui lui soulevaient le cœur dans le passé, mais elle n'avait jamais envisagé d'ajouter une mère de famille à la liste. Et certainement pas une mère de famille attifée d'une robe fluorescente bleu turquoise parsemée de marguerites aussi grosses que des assiettes. Le tout décoré d'accessoires en strass.

Elle se dit qu'on avait raison. Quel que soit le « on ». Il y avait vraiment une première fois à tout.

Buffy et Angel étaient plantés côte à côte, dos à la porte du BRONZE. Buffy sentait l'adrénaline monter et circuler dans ses veines.

— C'est moi qui compte cette fois.

Mais avant qu'elle n'ait pu commencer, la mère vampire renversa la tête en arrière et poussa une autre puissante vocalise. Attrapant ses cheveux emmêlés par poignées, elle les détacha et ils se déroulèrent sur ses épaules en une masse bouillonnante et en bataille. Elle se griffa les joues avec ses ongles. Puis elle déchira ses vêtements.

Alors, elle se mit lentement à avancer en direction de Buffy et d'Angel. Instantanément et d'un commun accord muet, ils s'écartèrent d'un pas l'un de l'autre. Il était plus difficile de s'attaquer à deux cibles en mouvement qu'à une. Buffy n'avait pas besoin d'être la Tueuse pour savoir cela.

La mère vampire eut un rire guttural.

— Vous croyez que je vais me battre avec vous, n'est-ce pas ? demanda-t-elle, d'une voix pleine de mépris. Vous croyez que je vais gâcher la possibilité de venger la mort de mes fils en essayant de vous régler votre compte moi-même ?

La mère vampire interrompit sa progression, le visage déformé par un horrible rictus.

— C'est moi qui le sens mal maintenant, dit Buffy.

— Tu as raison, ma fille, dit la mère vampire. Je vais te faire regretter d'être née.

Une fois de plus, elle renversa la tête en arrière.

— Vengeance, hurla-t-elle, d'une voix stridente et discordante. Forces des Enfers, Forces des Ténèbres, entendez ma prière. Entendez le cri d'une mère qui implore un châtiment. Répondez à ma supplication ! Rendez-moi justice ! Levez-vous et vengez la mort de mes fils !

Comme en réponse à sa supplication, un coup de tonnerre retentit dans le ciel de nuit sans nuages au-dessus de leurs têtes.

— Je déteste quand ils demandent des renforts, dit Angel.

— Je propose que nous en finissions maintenant, avant qu'autre chose ne se pointe.

— Je te suis à cent pour cent.

Buffy avança doucement d'un pas. La mère vampire baissa la tête et la regarda droit dans les yeux.

— Prépare-toi, dit-elle à la Tueuse. Ta fin est proche.

— Je crois que vous voulez dire que la fin est à portée de main, dit Buffy. Sauf que vous envisagez les choses à l'envers. C'est *votre* fin et *ma* main.

Elle leva le pieu au moment même où un vent glacial parcourait l'impasse. Un vent si puissant qu'il l'immobilisa et la poussa en arrière. Buffy leva les bras pour protéger ses yeux du souffle mordant et décapant. Elle crut entendre Angel crier son nom, mais elle n'en était pas certaine. Le vent avait ses propres voix.

Puis, aussi subitement qu'elle était apparue, la rafale tomba. Autour de Buffy, tout devint parfaitement calme et absolument silencieux. Alors, l'air commença à onduler de chaleur, comme si le sol de la ruelle reposait sur un énorme poêle. De minces volutes de brume commencèrent à s'élever. De la brume rouge, sombre comme le sang du cœur. Une brume couleur de soufre.

Les flammes de l'enfer.

— Pourquoi est-ce que j'ai comme l'impression que ce n'est pas mon jour ? grommela Buffy.

Quelque chose se matérialisa en explosant dans l'air devant elle.

Une femme. Gigantesque. Majestueuse. Colossale. Si imposante que, à côté d'elle, tous les êtres présents dans l'impasse ressemblaient à des nains, y compris la mère vampire. Et ce n'était pas peu dire.

Son cou était une énorme colonne surmontée par quatre visages qui regardaient autour d'eux. Ou, en tout cas, Buffy supposa qu'il y en avait quatre. En réalité, elle en voyait trois, celui qui la fixait, et les deux qui regardaient fixement les murs de la ruelle. Mais, pour Buffy, si quelque chose devait avoir des yeux dans le dos, c'était bien cette créature.

Tout près de là, s'éleva la voix d'Angel :

— Au hasard, je dirais que voici une bonne raison pour que ce ne soit, en effet, pas ton jour.

— Et tu gagnes ce qu'il y a derrière la porte numéro trois, dit Buffy. Euh... Je suppose que ce n'est pas une de tes connaissances ?

— Non, désolé, répondit Angel. Elle n'est pas de mon quartier.

La peau de la femme était d'un étrange gris mat, d'une couleur que Buffy avait déjà vue une seule fois auparavant. Sur des photos montrant des paysages de l'Oregon après l'éruption du mont Saint-Helens.

C'était une couleur qui n'en était pas une. Vivante mais qui niait la vie. Dans le paysage aride de ce visage couleur de cendre – de *ces* visages couleur de cendre – luisaient quatre paires d'yeux rouges.

— Je suis Némésis, dirent ensemble les quatre bouches de la créature.

Leurs voix étaient dédoublées, puis se mêlaient, se pénétrant et s'enroulant les unes autour des autres. Unifiées, puis discordantes avant d'être à nouveau unifiées. Comme si chaque voix racontait une version légèrement différente de la même histoire. Leur pouvoir était tel que Buffy les sentit s'insinuer jusque dans la moelle de ses os.

— Némésis, répéta la créature. Dite la Compensatrice. Pourquoi ai-je été invoquée ?

— Pour réparer une injustice, hurla la mère vampire d'une voix rauque. (Elle s'avança à grandes enjambées jusqu'au côté de Némésis qui faisait face à Buffy. Elle se jeta aux pieds de la créature géante.) Mes adorables garçons, mes bébés ont été assassinés, abattus. J'implore les Forces des Ténèbres de m'aider à venger leur mort.

— J'ai une meilleure idée, dit Buffy. Cela ne vous dirait pas de les rejoindre, tout bêtement ?

Elle fit un pas en avant. Avant qu'elle ne puisse en faire un autre, Némésis leva une main. Le vent glacial revint balayer l'impasse. Buffy se sentit transpercée par cette nouvelle bourrasque comme par des couteaux. Elle recula d'un pas vacillant et le vent tomba.

— D'accord, dit-elle d'une voix haletante. J'ai compris. Pas de pieu dans l'immédiat. Mais serait-ce trop vous demander que de regarder un peu les choses en face ? (Elle désigna la femme agenouillée en robe turquoise.) C'est une vampire. Ses adorables petits garçons étaient des vampires. C'étaient donc des méchants. Je suis la Tueuse. Je chasse les vampires et les extermine. Je suis donc la gentille.

— Ça, c'est ce que tu dis, répondit Némésis. (Buffy vit les yeux rouges en face d'elle jeter un regard rapide à Angel avant de se poser à nouveau sur elle.) Toutefois, je vois que tu chasses *avec* un vampire également.

Comment le sait-elle ? s'interrogea Buffy. Angel n'était plus sous son apparence de vampire. Même si, techniquement parlant, Buffy supposait qu'Angel n'avait pas été dépossédé de sa carte de membre des Forces des Ténèbres. Manifestement, les espèces savaient se reconnaître entre elles.

— Il n'est pas comme les autres, dit-elle, poussée par un désir de défendre Angel qui venait du plus profond d'elle-même.

Un désir, archaïque, primaire. Cet instinct ancestral de protéger un proche. Cela faisait longtemps que Buffy avait cessé de se poser des questions là-dessus. C'était comme cela, un point c'est tout.

Le feu dans les yeux de Némésis s'embrasa sous l'effet de ce que Buffy aurait juré être de l'amusement, tandis que les orbes rouges examinaient Angel des pieds à la tête.

— Je vois bien qu'il est différent, finit par dire Némésis. Voici donc le Maudit.

— Je déteste être reconnu en public, dit Angel. Qu'est-ce que j'ai fabriqué ? J'ai fait la couverture de *La Gazette des Enfers*, ou quoi ?

Némésis haussa les épaules.

— Tout se sait. Les Enfers sont un tout petit monde, en fait. Bien qu'il me faille admettre que ton cas m'ait toujours personnellement intéressée. En décidant de te maudire plutôt que de te tuer, les Bohémiens ont fait preuve d'un remarquable sens de l'équilibre des forces. Dis-moi, aimes-tu être celui que tu es et avoir une âme ?

— Vous êtes la Compensatrice, vous devriez pouvoir vous faire une idée toute seule, répondit sèchement Angel.

— Je m'en veux terriblement de vous interrompre, intervint Buffy. Mais, vous ne croyez pas que nous pourrions revenir à nos moutons ?

— Désolé, marmonna Angel.

— Donc, nous sommes bien d'accord, n'est-ce pas ? demanda Buffy à Némésis. Tueuse de vampires, bien. Vampire, mal. Vengeance, totalement inutile. Hors de question. Donc vous laissez tomber. Je plante Maman, et chacun rentre chez lui à temps pour regarder *Le Cinéma de Minuit* ?

— Non ! cria la mère vampire, en se relevant tant bien que mal. J'exige…

— Silence, vociféra Némésis. (La mère vampire ferma la bouche en grinçant des canines.) Vous m'avez appelée. Je suis venue. Vous n'exigerez plus rien désormais. C'est moi qui déciderai de ce qui doit être fait.

— Mais…, commença Buffy.

Une deuxième rafale d'air glacial sillonna l'impasse.

— Silence ! cria encore Némésis d'une voix tonitruante. Tu penses que les choses sont aussi simples que cela, stupide mortelle ?

Buffy se demanda si les autres Tueuses, les précédentes, avaient eu à faire face à ce genre d'interro-surprise. Ou était-ce vraiment spécifique à l'époque moderne ?

Pense-bête perso : Poser la question à Giles.

— C'est une question piège, c'est ça ? demanda-t-elle.

Némésis sourit.

— Cette créature a réclamé une vengeance, elle demande réparation, dit-elle en montrant la mère vampire du doigt. Elle a invoqué les Forces des Ténèbres, des Enfers, pour être aidée, et je suis ce qu'elle a conjuré. T'attends-tu à ce que je me range de ton côté ?

— Elle n'a pas tort, fit remarquer Angel.

— J'étais sûre que tu allais dire ça, maugréa Buffy.

— Ecoutez, dit Némésis. Entendez ce que Némésis a décidé.

Elle désigna la Tueuse.

— Tu dois te soumettre à une épreuve. Si tu la réussis, aucun mal ne te sera fait. Tu auras prouvé que tes actions étaient justes, que l'Equilibre a été respecté. L'appel à la vengeance de Madame sera rejeté. Mais si tu échoues…

— Si elle échoue, reprit la mère vampire avec délectation… (elle posa son regard jaune sur Buffy) … si elle échoue, alors Tueuse ou pas, elle est à moi.

— Acceptes-tu les conditions de ce marché ?

— J'accepte, répondit la mère vampire.

Némésis claqua des mains.

— Le pacte est conclu, déclara-t-elle.

— Attendez un peu, protesta Buffy. Et moi ? Je n'ai pas mon mot à dire là-dedans ?

— Réfléchis un peu, dit Némésis. C'est toi qui dois subir l'épreuve.

— Vous feriez bien d'envisager autre chose, rétorqua Buffy. Parce que je n'ai pas l'intention de la passer, votre épreuve débile.

— Je ne sais pas pourquoi, mais j'étais certaine que tu allais réagir ainsi, répondit Némésis. Ai-je précisé que notre proposition d'épreuve comporte des mesures d'incitation toutes spéciales ? Permets-moi de t'en présenter une.

Elle tapa à nouveau dans ses mains, générant l'apparition d'un éclair rouge incandescent, si éblouissant que Buffy se couvrit les yeux pour les protéger.

Quand sa vue redevint nette, Joyce se tenait dans la ruelle.

Maman ?

Joyce Summers semblait hébétée et désorientée. On ne pouvait pas l'en blâmer. Elle portait le jogging dont elle était vêtue quand Buffy l'avait quittée plus tôt dans la soirée. Quand elle l'avait laissée à l'abri, à la maison.

Joyce cligna rapidement des yeux, comme si elle ne voyait pas bien ce qu'il y avait autour d'elle. Buffy remarqua qu'elle avait son sac à main. Comme si elle avait décidé de faire un saut tardif au supermarché.

Probablement pour acheter de la glace, se dit Buffy, momentanément prise de remords. C'était elle qui avait fini le dernier pot, et elle ne l'avait pas marqué sur la liste des courses.

Puis, elle remarqua la façon dont sa mère tenait son sac, le serrant fermement sur sa poitrine, comme s'il s'agissait d'un gilet de sauvetage.

Buffy sentit quelque chose monter en elle. Le doublé : rage et terreur mêlées. Elle lutta pour se maîtriser. S'il y avait un moment où il lui fallait garder la tête froide, c'était bien celui-ci.

Les Forces des Ténèbres ont enlevé ma mère.

— Buffy, ma chérie, c'est toi ? demanda Joyce, d'une voix un peu chevrotante en regardant d'un air interrogateur dans la direction d'où lui parvenait la voix de Buffy. Que se passe-t-il, mon ange ?

— Il me semble que nous sommes tous d'accord à présent, n'est-ce pas ? dit Némésis. Nous allons donc passer à l'épreuve.

Elle tapa une troisième fois dans ses mains et Joyce disparut.

— Attendez ! cria Buffy d'une voix désespérée. Où l'emmenez-vous ? Qu'avez-vous fait de ma mère ?

— Si tu t'en sors, tu le sauras à la fin de l'épreuve, répondit Némésis. Tu as une heure pour te préparer. Viens sans arme. (Ses yeux rouges se posèrent brièvement sur Angel.) Viens seule. Fixe le lieu de l'épreuve, ordonna-t-elle à la mère vampire.

Cette dernière avança et tendit le bras vers Buffy. Elle tenait dans la main une carte de visite pleine de fioritures.

Buffy prit la carte et lut l'adresse.

— 2000, Elysian Fields [1] Lane ? Vous plaisantez.

Pour toute réponse, la mère vampire lui sourit.

— Cela semble assez approprié vu les circonstances, tu ne trouves pas ? Sois à l'heure, Tueuse. Tu vas perdre. Et je serai là pour ramasser les morceaux.

— Assez ! décréta Némésis.

Elle claqua des mains une quatrième fois. Une épaisse brume rouge s'engouffra dans la ruelle. Quand elle se dissipa, Buffy et Angel étaient seuls.

— Nous n'avons pas beaucoup de temps devant nous, dit immédiatement Angel. Nous ferions bien de nous activer.

1. Littéralement « Champs Elysées », c'est-à-dire, dans la mythologie grecque et latine, le séjour aux Enfers des âmes des héros et des personnes vertueuses. *(N.d.T.)*

Buffy était figée, comme clouée sur place. Angel se dirigea vers elle et posa la main sur son épaule.

— Buffy ?

Comme si elle était sous l'emprise d'un sortilège et que le fait qu'il l'ait touchée l'en ait libérée, Buffy sursauta et se mit en marche d'un bond.

— Tu ne peux pas venir avec moi, Angel, lui dit-elle en remontant la ruelle à toute vitesse. Tu as entendu ce qu'a dit ce truc à quatre têtes. Je dois y aller seule.

Angel rattrapa Buffy et l'arrêta en l'agrippant par un bras.

— Tu ne peux aller nulle part tant que nous n'en savons pas davantage sur le fond de cette histoire, dit-il d'un ton pressant. Nous devrions aller voir Giles.

Buffy se dégagea d'une secousse, en regrettant de ne pas pouvoir se débarrasser aussi facilement du besoin de crier et de pleurer qui l'oppressait.

Les Forces des Ténèbres ont enlevé ma mère.

Et elles n'en avaient pas le droit, pas du tout le droit. Mais un détail de ce genre ne les avait jamais arrêtées, ça c'était sûr.

— Je n'ai pas le temps d'aller voir Giles. Je dois peut-être me soumettre à ce jeu débile, mais je ne vois pas pourquoi je devrais obéir à d'autres règles que les miennes. Je ne vais pas attendre une heure, Angel. J'y vais *tout de suite*. Si j'y vais maintenant, je pourrai peut-être les prendre par surprise.

Elle ne voulait pas attendre. Elle ne pouvait pas attendre.

Les Forces des Ténèbres ont enlevé ma mère.

Angel l'attrapa fermement par les épaules et la secoua.

— Je comprends ce que tu ressens, lui dit-il. Je sais combien tu désires sauver ta mère. Mais Buffy, tu as entendu ce que Némésis a dit. Tu ne peux pas emporter d'arme. Tes connaissances pourraient bien être la seule arme dont tu disposeras. Si tu y vas sans aucune information, tu seras littéralement désarmée.

Buffy ouvrit la bouche pour l'envoyer promener. Pour nier ce qu'il disait. Comment Angel pouvait-il comprendre ce besoin qu'elle ressentait de sauver sa mère ? Il avait assassiné la sienne.

Dans l'instant qui suivit, un puissant sentiment de honte déferla violemment en elle. Qu'est-ce que Némésis avait demandé à Angel ? *Comment c'était d'être celui qu'il était et d'avoir une âme ?*

Cela ne ressemble à rien de ce que je peux imaginer, pensa Buffy. C'est alors qu'elle comprit qu'il avait raison et qu'elle avait tort. S'il existait quelqu'un qui comprenait la souffrance de savoir ce qui vous attendait, et sa valeur, c'était Angel.

Buffy se pencha et posa sa tête sur la poitrine d'Angel pendant un court instant. S'il avait été humain, elle aurait entendu son cœur battre.

Elle sentit Angel passer ses doigts doucement et furtivement dans ses cheveux.

— L'heure tourne, chuchota-t-il. Allons-y.

CHAPITRE VII

Seule, dans la maison blanche sur la colline, la mère vampire parcourait la galerie de portraits, pleurant la perte de ses fils chéris.

Comme il se doit, elle avait pris le temps de se changer.

Ses cheveux étaient à nouveau relevés mais, cette fois-ci, sous une toque. Elle avait revêtu une simple robe noire. Sur sa généreuse poitrine brillait un unique rang de perles laiteuses. Elle portait des chaussures plates noires et des gants également noirs, fermés au poignet par un bouton de perle. Et elle tenait dans les bras une gerbe de roses rouge sang à longue tige.

Même accablée de chagrin, il importait de sauver les apparences.

Une vraie dame se dominait toujours et ne cédait jamais à ses émotions. Celle qui avait assassiné ses fils l'avait déjà amenée à perdre le contrôle d'elle-même une fois. Et d'une façon qu'en des circonstances normales, elle aurait jugé des plus inconvenantes.

Pourtant, elle ne parvenait pas à regretter complètement son emportement. Après tout, il lui avait amené Némésis. Némésis, la Compensatrice, la vengeresse. Celle qui réparerait la mort de ses fils.

A moins que l'impensable n'arrive et que la misérable criminelle ne sorte vivante de l'épreuve.

La mère vampire frissonna en parcourant la galerie.

Ses talons retentissaient sur le marbre blanc et froid. Elle finit par s'immobiliser devant le portrait en pied de son mari. Il paraissait la regarder d'en haut, sévère et fier. Mais pour la première fois depuis plus de cent ans, elle put à peine se résoudre à lui rendre son regard.

Elle avait manqué à ses devoirs envers lui. Envers elle-même. Manqué à ses obligations. Elle n'avait pas protégé leurs fils.

La mère vampire tomba à genoux devant le portrait de son époux depuis longtemps défunt en laissant échapper un cri sourd. Ses doigts serrèrent les fleurs qu'elle tenait dans ses bras, répandant une pluie de pétales sur le marbre, l'entourant ainsi d'une mer de sang de roses rouges.

Et là, à genoux, elle épousa sa nouvelle cause. Elle fit un autre serment.

— Je te jure que nos fils seront vengés, promit-elle, d'une voix étranglée et rauque. Je ferai payer à leur meurtrière ce qu'elle a fait. Elle sera jugée ici même, dans cette maison.

Némésis amènerait la criminelle à elle. Elle s'en était assurée. Tout comme elle s'assurerait d'autre chose.

— Qu'elle réussisse l'épreuve ou qu'elle échoue reviendra au même, jura la mère vampire à son défunt mari, osant enfin lever les yeux et le regarder en face. Une fois que la meurtrière de nos fils aura passé le seuil de cette maison, je ferai en sorte qu'elle ne reparte jamais vivante.

— Allez, Giles. Je n'ai pas beaucoup de temps.

Buffy arpentait la bibliothèque du lycée de Sunnydale. Elle ne tenait pas en place et n'avait pas été capable de rester tranquillement assise depuis qu'elle était arrivée. Angel était parti en quête d'autres renseignements sur Maman Vampire.

Buffy avait trouvé Giles assis à son bureau. Il travaillait tard, et c'était un point sur lequel elle avait compté un peu plus tôt dans la soirée. Giles passait son temps plongé dans ses livres et ne semblait jamais s'en lasser.

D'après Buffy, cela prouvait surtout que son Observateur manquait sérieusement d'autre chose pour remplir sa vie. Elle appréciait les livres. Mais il y avait des lieux et des heures pour lire et étudier. Et, selon elle, le samedi soir n'en faisait certainement pas partie.

Toutefois, il lui fallait reconnaître qu'il y avait des fois où l'attachement de Giles à tous les ouvrages sombres et moisis, à tous les écrits de référence, petits ou grands, était bien pratique.

Comme maintenant, par exemple.

— Je te demande juste une minute, répondit Giles, en marquant un passage dans le livre qui était ouvert devant lui.

Il leva les yeux en enlevant ses lunettes, et il utilisa la manche de sa veste en tweed pour s'essuyer le front.

— Buffy, dit-il (il avait ce ton qui trahissait un mélange de compassion et de contrariété ; ce ton que Buffy associait désormais à lui), j'aimerais vraiment que tu t'assieds. Tu gaspilles ton énergie à déambuler comme cela.

— Ouais, dit Alex. Sans parler des affreuses tranchées que tu creuses dans le sol.

Il y a au moins un truc qui va dans mon sens dans toute cette histoire, se dit Buffy qui s'affala en soupirant. La bande avait préalablement prévu de se retrouver à la bibliothèque. Ce qui signifiait que Buffy n'avait pas eu à perdre un temps précieux à partir à la recherche de ses amis. Et le temps lui était plutôt compté.

La bande était arrivée peu après Buffy. Une rapide vérification avait confirmé que les amis de Buffy avaient mené leur mission à bien : Suz Tompkins avait été raccompagnée chez elle sans encombre.

Buffy se disait qu'elle aussi avait accompli sa mission. Elle avait réglé leur compte aux types qui en avaient après Suz, et qui étaient responsables de la disparition de Leila et d'Heidi. C'était bien sa chance de ne pas pouvoir se reposer sur ses lauriers.

Elle écouta le bruit des pages qu'on tournait. Willow et Giles, chacun à un bout de la bibliothèque. Comme d'habitude, Giles avait mis les membres de la bande au travail dès qu'il avait été informé du problème. Willow fut chargée de chercher des informations sur Némésis, pendant que Giles cherchait, quant à lui, plus de renseignements sur la mère vampire et ses fils.

Oz aidait Willow : il avait réuni les ouvrages qu'elle avait demandés et les avait empilés en deux gigantesques piles sur la table à laquelle elle était installée. Quant à Alex, il avait pour consigne de rester à l'écart et de ne déranger personne.

Buffy n'avait pas vu de près le volume dans lequel Giles était plongé, mais elle était quasiment sûre qu'il avait un titre ronflant du genre : *Les vampires américains du dix-neuvième siècle : rétrospective historique et chronologie*.

La théorie de Giles était que, s'ils découvraient l'identité des vampires que Buffy avait réduits en poussière, cela pourrait peut-être les mettre sur la piste de ce qu'elle était susceptible d'affronter dans l'épreuve qu'elle s'apprêtait à passer. Comme d'habitude, Giles se démenait. Buffy appréciait sa minutie. Vraiment. Elle souhaitait juste que, à remuer ciel et terre comme il le faisait, une solution finirait par tomber à propos, et de préférence rapidement.

Elle retira le chouchou qu'elle avait dans les cheveux, et tourna la tête dans tous les sens pour soulager sa nuque de la tension qui commençait à s'y accumuler. Elle en profita pour jeter subrepticement un coup d'œil à la pendule de la bibliothèque. 23 h 23. Cela ne faisait pas tout à fait une demi-heure qu'elle avait été informée de l'épreuve qu'elle allait devoir subir pour sauver sa mère.

Pourtant, cela lui semblait une éternité.

Buffy se mit à taper du pied, essayant de ne pas penser à l'allure de Joyce dans l'impasse derrière le BRONZE. Serrant son sac à main sur sa poitrine comme s'il pouvait la protéger.

Effrayée. Perdue. Seule.

C'était un état que Buffy connaissait bien. Elle ne voulait pas que sa mère le connaisse. Une Summers devant affronter des forces apparemment invincibles était largement suffisant dans la famille.

— Ça y est ! s'exclama soudain Giles. Je crois que j'ai trouvé, quoique j'aie bien peur que cela ne soit pas très complet. Il y a des trous dans l'histoire, mais bon, c'est presque toujours comme cela.

Buffy se mordit l'intérieur de la joue pour surmonter son impatience.

— Contentez-vous de me dire ce que vous avez trouvé, Giles.

— Ce que j'ai, c'est une référence à une famille entière de confédérés qui fut transformée en vampires, expliqua Giles, en soulevant l'ouvrage de référence qu'il avait sélectionné. D'après ce livre, cela s'est passé en 1864, vers la fin de la guerre de Sécession. Apparemment pendant la chute d'Atlanta, ou peu de temps après. Le nom de la famille était Walker.

— Attendez, attendez. Ne dites rien, lança Alex. Ne serait-il pas question d'un type appelé Rhett Butler ?

Giles reposa lourdement le livre.

— Alex, si, dans des circonstances normales, je n'hésiterais pas à te féliciter pour cette référence littéraire, je…

— Quelle référence littéraire ? le coupa Alex, manifestement interloqué. Je parle d'un film. Vous savez bien, *Autant en emporte le vent*.

— Alex, dit Willow qui intervenait pour la première fois. Tu te souviens ce qu'on nous a dit en CP ? La bibliothèque est censée être un lieu tranquille.

— Oui, bon, comme je le disais, reprit Giles, il semble que M. Walker était un officier de l'armée confédérée. Il n'est pas vraiment précisé comment il est devenu vampire, ni qui fut responsable de son initiation. Ce que l'on sait, c'est qu'il déserta et rentra dans sa famille pendant le siège d'Atlanta. Il changea sa femme en vampire. Qui, à son tour, transforma leurs deux fils de quinze ans. Toute la famille prit la fuite alors que la ville d'Atlanta brûlait.

— Tu parles de valeurs familiales ! lança Oz.

Giles fronça les sourcils.

— En effet, répondit-il. Le père fut, euh, abattu plusieurs années plus tard, laissant la mère et les deux fils. Ce sont de vrais jumeaux, au fait. Vous l'ai-je dit ?

— Dans ce cas, ce sont bel et bien « nos » jumeaux. Il y a autre chose ?

Giles enleva ses lunettes et se frotta l'arête du nez.

— Malheureusement, non. A vrai dire, ce n'est qu'une chronologie, pas une étude approfondie des vampires américains du dix-neuvième siècle.

— Qui peut bien écrire des bouquins pareils ? se demanda Alex à voix haute.

— Cela ne t'avancerait à rien de le savoir, crois-moi, répondit Giles.

— En tout cas, cela ne m'aide pas vraiment, hein ? les interrompit Buffy. A part les détails sur la façon dont ils ont été transformés, nous n'avons rien appris de plus que ce qu'on savait déjà. Même le fait que Maman Vampire soit sérieusement atteinte sur le plan affectif.

(Elle porta son attention sur Willow en pivotant sur sa chaise pour la regarder.) Et toi, Will, t'as quelque chose sur Némésis ?

Une expression inquiète passa sur le visage de la rouquine. Elle fit un geste en direction des deux piles de livres à côté d'elle.

— Je n'en suis pas bien sûre, reconnut-elle. Il y a la définition du dictionnaire et la définition historique. Tu veux laquelle en premier ?

— Tous ces livres sont des dicos ? demanda Alex. J'hallucine ! D'accord, d'accord, je me souviens. (Il leva les mains comme si on le prenait en otage, alors que Willow lui jetait un regard de travers.) Je serai aussi silencieux qu'un rat de bibliothèque à partir de maintenant.

— Commence par celle du dictionnaire, Will, dit Buffy.

Willow ouvrit le plus gros des volumes. Les caractères étaient si petits qu'il fallait une loupe pour les lire.

— Némésis, lut Willow. Un instrument ou un acte de vengeance ; une personne ou une chose qui vainc ou détruit ; un adversaire qu'on ne peut pas battre.

— Génial, commenta Buffy. Je me dis que de ne rien savoir aurait sans doute été un vrai bonheur sur ce coup-là.

— Bien, dit Willow sur un ton encourageant. Et puis, il y a les bouquins de référence historiques. Ils disent presque tous la même chose. A l'origine, Némésis était une divinité grecque. Une déesse.

Ce truc dans l'impasse était une déesse ? pensa Buffy.

— Déesse de quoi ?

— De la vengeance, répondit Will. Et aussi des mauvaises actions.

— Bon, ça devrait rouler alors, dit Oz du haut de son perchoir à côté d'elle. Buffy a fait exactement ce qu'elle avait à faire. Elle a zigouillé des vampires. Ce n'est pas franchement ce que j'appelle une mauvaise action.

— J'ai essayé de présenter les choses sous cet angle, dit Buffy. Ça n'a pas franchement marché. La mère vampire a invoqué les Forces des Ténèbres, et cette Némésis machin chose a répondu à son appel. Je ne crois pas qu'elle ait vraiment la même définition des mauvaises actions que nous.

— Mais cela n'a aucun sens, protesta Willow.

— Eh bien, en fait..., commença Giles.

— Je savais bien qu'il allait y avoir un hic, grommela Alex.

Buffy se leva d'un bond. Elle en avait assez de rester assise bien tranquillement. Cela ne la menait nulle part, et l'heure tournait. Il lui restait moins d'une demi-heure avant l'épreuve.

— En fait, quoi ? demanda-t-elle.

— Eh bien, en toute logique, expliqua Giles, la définition diffère seulement si tu essayes d'intégrer Némésis à notre conception du Bien et du Mal. Mais en dehors du cadre de notre conception...

— C'est-à-dire dans le cadre de la conception du Bien et du Mal des Forces des Ténèbres..., l'interrompit Willow.

— Absolument, approuva Giles en hochant la tête. Vu sous cet angle, il n'y a aucune différence. En fait, c'est parfaitement logique, si on envisage les choses à la lumière de leur conception. La Tueuse serait celle qui a perpétré une mauvaise action sur un agent des Forces des Ténèbres. On peut ne pas être d'accord avec ce point de vue, mais le raisonnement possède sa propre valeur intrinsèque.

— Cela lui arrive d'expliquer les choses en anglais ? gémit Alex.

— Je *suis* anglais, répliqua Giles sèchement.

— Mais elle a dit être appelée la Compensatrice, dit Willow. Cela ne devrait-il pas jouer en notre faveur ?

Giles rechaussa ses lunettes.

— Cela devrait, mais je suis loin d'être certain que cela va être le cas, répondit-il. En fait, je pense qu'on peut affirmer sans trop s'avancer que Buffy a elle-même déjà mis le doigt sur le principal point. Némésis a été *invoquée* par la mère vampire. Quelle qu'ait pu être l'intention d'origine de Némésis, elle est à présent un instrument des Forces des Ténèbres. Le plus prudent est de partir du principe que l'épreuve qu'elle a instaurée ne sera peut-être pas très équitable et qu'elle sera peut-être très déplaisante.

— Super, marmonna la Tueuse.

— Eh bien, alors, nous allons juste la rendre plus équitable, s'emporta Willow. (Elle se leva de sa chaise et se dirigea vers Buffy.) Nous ne te laisserons pas y aller seule. On ne te laisse jamais te rendre seule quelque part, si on peut faire autrement. Ce n'est pas un bon moment pour commencer à le faire. Ce n'est pas un bon jour pour entreprendre de nouvelles choses. J'ai lu ça dans mon horoscope.

Buffy posa une main sur l'épaule de son amie.

— Je dois y aller seule, Will, dit-elle doucement. Ma mère est entre les mains de ce machin à quatre visages. Je vais faire tout ce qui est en mon pouvoir pour la tirer de là. Et cela signifie respecter ses règles à elle : y aller seule et sans arme. Je l'ai déjà fait auparavant. Je peux le refaire.

— Mais..., dit Willow.

— Il n'y a pas de mais, répondit Buffy. Ce combat me concerne moi, Will. Moi seule. Si tu veux vraiment m'aider, reste à l'écart de tout ça.

Et hors de mon chemin.

Willow finit par céder :

— Bon, d'accord, consentit-elle. Mais c'est pas pour ça que ça me plaît.

— Nous allons poursuivre les recherches, promit Giles. Nous trouverons peut-être quelque chose.

— Parfait, dit Buffy en hochant la tête.

Un silence tendu s'abattit sur la bibliothèque. Personne ne demanda comment ils allaient lui communiquer ce « quelque chose » une fois qu'ils auraient trouvé.

— Et reste bien concentrée, dit Giles en élevant la voix juste avant que Buffy n'atteigne la porte. Ne te laisse pas distraire par les pièges éventuels que Némésis pourrait te tendre. Allez, va à cette épreuve. Récupère ta mère. Et sortez-vous de là.

— Compris, dit Buffy.

— Et sers-toi de ton cerveau.

— J'avais plus ou moins l'intention de le faire.

Comme c'est à peu près la seule chose dont je puisse me servir, ajouta-t-elle mentalement.

— Et…

— Giles, dit Buffy en ouvrant la porte de la bibliothèque.

— Oui ?

— J'y vais.

— Oui, bien… Bonne chance, dit-il.

— Merci, répondit Buffy.

Elle lâcha la porte, l'entendit se refermer derrière elle. La séparant de ses amis et de son Observateur.

Je suis toute seule maintenant, se dit Buffy. Même Angel – qui pouvait le plus souvent aller là où les autres ne pouvaient pas se rendre – n'était pas en mesure de l'aider.

Elle était seule entre sa mère et un destin incertain.

Ne reste pas plantée là, bouge-toi, se dit-elle.

Maintenant, plus que jamais, chaque seconde comptait.

Dix minutes plus tard, Buffy était chez elle et explorait la maison avec la détermination tenace d'un missile à tête chercheuse. Elle vida le contenu des placards, farfouilla dans les tiroirs. Némésis avait dit pas d'arme.

Seulement, c'était Némésis qui imposait les règles et menait le jeu ; et Buffy avait bien du mal à savoir ce qui pouvait être considéré comme une arme ou pas. De plus, elle ne voulait pas se charger d'un tas de choses diverses et variées. Il était impossible de savoir si elle aurait à se battre au cours de l'épreuve qu'elle s'apprêtait à passer.

Exaspérée, elle ferma la porte de l'armoire à pharmacie de la salle de bains en la claquant dans un geste de colère. Qu'est-ce qu'elle s'imaginait qu'elle allait trouver là-dedans ? Elle se figurait qu'elle pourrait sauver sa mère en brandissant sa brosse à dents ?

Même en y mettant du sien, Buffy ne parvenait pas à se convaincre que les poils en pétard de sa brosse à dents – résultat de la vigueur avec laquelle elle se les brossait – allaient vraiment affoler des créatures potentiellement invoquées par les Forces des Ténèbres.

Elle ouvrit un tiroir, en extirpa un chouchou pour remplacer celui qu'elle avait oublié à la bibliothèque, se tira les cheveux en arrière et les attacha en queue-de-cheval.

Le mieux, c'est le style aérodynamique, se dit-elle en retournant dans sa chambre pour se changer. Il fallait qu'il y ait le moins de choses auxquelles s'accrocher pour les engins qu'elle s'apprêtait à affronter.

Elle eut un sourire amer en réalisant qu'elle était en train de se donner le conseil qu'elle avait suggéré à Suz Tompkins au centre commercial. Ne jamais donner de prise à l'ennemi.

Buffy se changea rapidement et enfila un pantalon noir, une chemise et ses plus grosses bottes. Elle se sentit un peu mieux, chaussée de ces dernières. S'il lui fallait foutre un coup de pied au cul des Forces des Ténèbres, elle voulait en jeter le plus possible.

Sa mère n'aimait pas quand Buffy s'habillait tout en noir. Mais bon, sur ce coup-là, Buffy se disait que même sa mère reconnaîtrait que ce que portait Buffy ne changeait rien à l'affaire.

Elle frissonna soudain. A vrai dire, Buffy se sentait un peu démunie sans le moindre instrument de son sac de Tueuse. Prise d'une impulsion soudaine, elle retourna dans son placard, en sortit le blouson en cuir qu'Angel lui avait donné il y avait une éternité de cela et l'enfila aussi. Pour une raison ou une autre, le fait d'avoir des poches était réconfortant.

Même si elle ne pouvait rien mettre dedans.

Elle regarda les chiffres lumineux de son réveil sur la coiffeuse. Minuit moins dix. Il était temps de se mettre en route. Elle se dirigea vers la porte d'entrée en essayant de ne pas faire attention à son cœur qui battait comme une mauvaise ligne de basse.

Elle n'alla pas plus loin que le salon, où elle s'arrêta net.

Là, sur le canapé, éclairé par le faisceau de lumière d'une lampe avoisinante, se trouvait l'album de sa mère. Exactement tel que Joyce l'avait laissé, tout à fait comme si elle était partie de son propre gré avec l'intention de s'y remettre d'un instant à l'autre.

Buffy sentit son cœur s'emballer et sauter dans sa poitrine, et l'air se bloquer dans ses poumons.

Sa mère n'était pas partie de son propre gré. Elle avait été enlevée par les Forces des Ténèbres. Arrachée à son foyer à cause de quelque chose que Buffy avait fait. D'une chose qu'elle avait dû faire parce qu'elle était la Tueuse. Elle était l'Elue.

Sa mère était en danger à cause d'elle. Ce n'était pas la première fois et il se pourrait que cela ne soit pas la dernière. Le fait de le savoir n'eut pas le moindre effet réconfortant sur Buffy.

Elle savait que le temps pressait, elle pouvait littéralement entendre les minutes qui lui restaient avant l'épreuve s'écouler dans sa tête. Et pourtant, ses pieds la portèrent jusqu'au canapé, les yeux rivés sur l'album que sa mère faisait pour lui rendre hommage. Cet album destiné à chanter les louanges de Buffy, à célébrer son passage de l'enfance à l'âge adulte.

Buffy posa les yeux sur la page ouverte, celle sur laquelle œuvrait sa mère quand elle avait été interrompue si brutalement. Il y avait déjà plusieurs photos sous le film transparent. Il y en avait une simplement posée sur le dessus, attendant sans doute d'être ajoutée aux autres. Buffy se pencha et la prit.

Une petite Buffy âgée de neuf ou dix ans la regarda droit dans les yeux. Elle était effrontée et pleine de vie. Elle souriait en regardant bien l'objectif en face.

Je me souviens de ce jour-là, pensa Buffy. Toute la famille était allée au parc, et son père l'avait poussée sur une balançoire, plus haut qu'elle n'était jamais allée. Il l'avait poussée, poussée jusqu'à ce que la petite fille qu'elle était lâche un cri aigu typique des enfants : un cri dans lequel étaient inextricablement mêlés la terreur et le rire.

Cela avait été terrifiant et merveilleux à la fois de monter haut, très haut, si haut dans le ciel. Parce que, au fond d'elle-même, Buffy n'avait pas eu du tout peur. Elle savait que ses parents étaient là, à ses côtés. Avec cette certitude enfantine qui faisait qu'elle savait que rien de mauvais ne pourrait véritablement lui arriver, que personne ne pourrait vraiment lui faire du mal.

Buffy reposa la photo à côté de celles déjà collées dans l'album. Elle se souvenait de ces photos-là aussi. Sur l'une d'elles, elle était avec sa cousine Célia, qui était morte trop tôt. Et sur cette autre, prise le jour de son huitième anniversaire, elle était avec son père, qui l'avait emmenée voir un spectacle de patinage pour la toute première fois.

C'était une chose qu'il ne faisait plus, même si Buffy aurait aimé de tout cœur qu'il le fasse. Mais bon, cela faisait très longtemps qu'elle n'avait pas dit à son père ce qu'il y avait dans son cœur.

Parce que, à présent, la petite Buffy Summers avait grandi. Ses parents étaient divorcés. Son père était loin. Maintenant, il lui envoyait une carte avec un chèque pour son anniversaire. S'il y pensait. Si elle avait de la chance.

Et c'était sa mère – sa mère, qui avait été à ses côtés en toutes circonstances –, c'était sa mère qui était en danger. Parce que, en grandissant, la fillette sur la photo était devenue la Tueuse, l'Elue. C'était une situation pour laquelle on ne lui avait pas laissé le choix.

Et Buffy réalisa soudain que sa mère n'avait pas eu le choix non plus.

Pendant longtemps, elle lui avait caché ce qu'elle était. Pour un tas de raisons. Ceci en avait-il été une ? Buffy avait-elle su instinctivement que, même si Joyce était angoissée, elle ne l'abandonnerait jamais ? Qu'elle s'accrocherait à sa fille, qu'elle la revendiquerait comme sienne, quoi que fût Buffy ?

Les amis de Buffy avaient choisi délibérément de faire partie de son univers de Tueuse. Il était clair que s'ils lui avaient tourné le dos et l'avaient laissée tomber, elle aurait été blessée. Mais elle aurait compris, elle aurait été incapable de leur en vouloir.

Il était plus facile et plus apaisant de vivre dans ce monde si on ne savait pas ce que Buffy savait. Si on n'était pas confronté au fait que le monde n'était pas toujours sans danger.

Joyce Summers avait été confrontée aux faits sans avoir jamais eu le choix. Joyce était liée à Buffy du simple fait qu'elle n'était rien de plus et rien de moins que la mère de la Tueuse.

Buffy fit quelques pas et se retrouva debout au milieu du salon, regardant fixement son reflet dans le miroir au-dessus de la cheminée. Est-ce que cette petite fille, que sa mère protégeait avec tant d'amour, était toujours quelque part en elle ?

Le but de cet album était peut-être de lui rappeler que c'était le cas. Sa mère avait peut-être compris plus de choses que Buffy ne l'avait jamais reconnu ou réalisé.

Elle avait compris ce que c'était de voir son passé remis en question par un futur qu'on n'avait jamais réclamé et sur lequel on n'avait aucun contrôle. Un futur qui lui avait révélé qu'elle était l'Elue.

Et maintenant sa mère avait été choisie, à son tour. Comme un instrument de châtiment, un instrument de vengeance, comme un moyen d'atteindre Buffy. Et il n'y avait qu'une seule chose que Buffy pouvait faire. *Ne pas se planter.* L'album posé sur le canapé derrière elle était la preuve criante de la foi que sa mère avait en elle. De l'amour que sa mère lui portait.

C'était à elle de prouver son amour à sa mère à présent. Et de prouver à sa mère que sa foi en elle était justifiée.

Débordant d'une toute nouvelle détermination, Buffy s'apprêtait à se retourner, quand elle entrevit du coin de l'œil quelque chose sur le dessus de la cheminée. La boîte d'allumettes que sa mère gardait toujours sous la main pour allumer des bougies dans les occasions spéciales.

Une vague d'images déferla dans la tête de Buffy. Sa mère allumant des bougies pour les dîners de Thanksgiving, pour des anniversaires, pour aucune raison en particulier. A part celle de vouloir s'offrir un moment spécial à elle-même.

Et à moi, se dit Buffy.

Elle fit deux pas rapides, s'empara de la boîte d'allumettes et la fourra dans la poche de son blouson. *Némésis a oublié quelque chose*, pensa-t-elle.

Quelque chose que Buffy avait elle-même presque oublié. Quelque chose dont elle ne se serait peut-être pas rappelé, si cela n'avait été pour sa mère.

Une Tueuse n'avait pas besoin d'emporter d'arme. Parce que la meilleure arme d'une Tueuse était toujours elle-même.

CHAPITRE VIII

Mais pour qui elle se prend, Buffy Summers ? se demandait Suz Tompkins.

Tapie dans les massifs de la cour de l'autre côté de la rue, dans sa veste de camouflage qui se fondait aux arbustes qui l'entouraient, Suz observait Buffy qui sortait de chez elle. Elle remarqua sa manière de descendre la rue d'un pas alerte, sans se presser mais sans perdre de temps non plus.

Suz put même voir, à la lumière d'un lampadaire, l'expression du visage de Buffy. Déterminée. Dure.

Elle marche comme si elle savait où elle allait.

Mais ça, ça ne posait pas le moindre problème à Suz. Parce que Buffy n'était pas la seule à savoir où elle allait. Suz aussi le savait.

Elle se rendait là où Buffy allait.

Où que ce soit.

Quand elles seraient arrivées, Suz ferait ce qu'elle avait voulu faire depuis qu'elle avait laissé Willow, Oz et Alex la raccompagner chez elle.

Elle prendrait elle-même les choses en main. Elle se rattraperait de ce qui s'était passé au BRONZE.

Buffy tourna au coin de la rue et Suz sortit de sa cachette, puis traversa la rue en courant, bien résolue à ne pas perdre sa cible de vue trop longtemps.

Elle avait foiré une fois. Elle n'était pas près de

recommencer. Elle avait toujours en travers de la gorge la souffrance et l'humiliation qu'elle avait subies plus tôt dans la soirée. Ça avait du mal à passer. C'était trop les boules.

Vider son sac à Buffy était une chose, et ce n'était déjà pas brillant. Mais accepter que ses bouffons de copains la ramènent chez elle en voiture comme si elle avait six ans et avait besoin d'une baby-sitter en était une tout autre. Ça, elle ne le digérait pas. Elle ne pouvait pas laisser passer une chose pareille ! Elle avait une réputation à entretenir quand même, sans parler de deux amies à venger. Et ça, c'était une chose dont elle aurait déjà dû s'occuper toute seule.

Mais une fois que la nouvelle se serait répandue qu'elle avait laissé Willow Rosenberg la raccompagner chez elle, elle aurait bien du mal à garder sa réputation et à venger ses amies. Et le fait que cela ait été Oz qui conduisait ne changerait rien à l'affaire. Tout le monde saurait que Suz Tompkins baissait. Qu'elle l'avait prouvé. Elle ne pouvait pas se permettre de laisser cela arriver.

Certainement pas.

Elle tourna au coin d'une rue, puis se baissa promptement alors que Buffy tournait la tête.

Où Buffy pouvait-elle bien aller ?

Même si ça ne changeait pas grand-chose puisque, où qu'elle aille, Suz allait la suivre.

D'après elle, Buffy avait rendez-vous avec la personne qui était vraiment responsable de ce qui était arrivé à Leila et à Heidi. Parce que, en dépit de la réaction bizarre de Buffy et de ses amis, Suz avait du mal à croire que ses amies à elle avaient été zigouillées par les jumeaux qu'elle avait vus au BRONZE dans la soirée. D'une part, ils avaient l'air trop jeunes. D'autre part…

Comment ce bouffon d'Alex Harris les avait-il appelés ? Winnie et Tigrou. *Plutôt les Télétubbies, oui*, se dit-elle. Suz trouvait qu'il n'y avait pas moins menaçants qu'eux.

Et dire que je les ai laissés me foutre la trouille, pensa-t-elle.

Elle les avait laissés la suivre pendant des jours et des jours, et cela l'avait mise dans un tel état qu'elle avait enfreint une des premières règles que ses amies et elle avaient établies. Elle avait confié ses problèmes à quelqu'un qui n'était pas des leurs ; à une étrangère. Puis elle avait laissé Buffy prendre les choses en main et, pendant ce temps, c'était tout juste si on ne l'avait pas envoyée se coucher.

Et si j'avais proposé à Willow d'entrer, elle m'aurait lu une histoire avant de dormir ? se demanda-t-elle. Pendant qu'Oz et Alex auraient fouiné dans la cuisine toujours impeccable de sa mère à la recherche de gâteaux. T'aurais pas du lait ?

Elle s'était comportée comme la pire des mauviettes. Mais ça n'allait pas se passer comme ça. Pas si elle y mettait son grain de sel.

Buffy était pratiquement sûre qu'on la suivait. Elle l'avait senti dès qu'elle avait quitté la maison. Cette impression que des yeux étaient braqués sur elle. Ce picotement entre les omoplates, celui qui signifiait presque toujours qu'il y avait quelqu'un, ou quelque chose, derrière elle. Qui l'observait. Qui l'attendait. Qui la suivait.

En temps ordinaire, elle aurait pris le temps de découvrir de qui ou de quoi il s'agissait, afin d'éliminer la moindre menace. Il n'était pas très malin de rester dos au danger. C'était une chose que toute Tueuse savait – ainsi qu'un paquet de personnes non-tueuses.

Mais cela lui prendrait du temps, et le temps était un luxe qu'elle n'avait pas. Elle se disait qu'elle était suivie par quelque chose envoyé exprès pour détourner son attention. Si elle en croyait Giles, c'était le genre de choses qui était possible.

Est-ce qu'on me retire des points si j'arrive en retard à l'épreuve ? se demanda-t-elle. Pouvait-elle se désister et, si tel était le cas, que se passerait-il alors ? Némésis livrerait-elle Joyce à Madame Walker, la mère vampire ?

Buffy allongea le pas, en repensant à la façon dont Giles avait jugé la situation. Il y avait peu de chances que l'épreuve soit équitable, et elle était susceptible d'être très désagréable. Ou en tout cas, dans un registre approchant.

Génial, pensa-t-elle. *Exactement ce dont j'avais besoin. Une épreuve qui ressemble à un rendez-vous chez le dentiste.*

Du coin de l'œil, elle entrevit quelque chose qui bougeait et tourna la tête. Rien. Soit c'étaient ses sens de Tueuse qui lui jouaient des tours, soit c'était autre chose.

Ne perds pas ton temps avec ça, se dit-elle en se mettant à courir doucement. Avance.

Va à cette épreuve. Récupère ta mère. Et sortez-vous de là.

Ne te retourne pas.

— Il y a quand même quelque chose qui ne me plaît pas dans tout cela, dit Willow.

Elle avait pris la relève de Buffy et faisait les cent pas dans la bibliothèque. Bien que la Tueuse soit partie quelques minutes auparavant, ses amis étaient toujours ensemble. Ils évitaient soigneusement de regarder la pendule, mais chacun savait qu'ils attendaient tous la même chose.

Que les aiguilles indiquent minuit pile. L'heure à laquelle l'épreuve de Buffy devait commencer.

— Ce n'est pas censé te plaire, fit remarquer Alex au

moment où Willow passait à côté de lui. (Maintenant que la partie de la soirée consacrée aux recherches était finie, il était à nouveau autorisé à parler.) Cela fait partie du grand jeu des Forces des Ténèbres.

— Oui, mais on ne sait même pas ce qui se passe, répondit Willow.

Alex parcourut la bibliothèque des yeux, comme s'il cherchait du soutien.

— Qui d'autre me suit sur le concept Force des Ténèbres ?

— Moi, dit Oz.

— Voilà ! s'exclama Willow en revenant vers lui à toute vitesse. C'est exactement ce que je voulais dire. On ne peut pas la *suivre*. Et nous sommes précisément dans les ténèbres, sur la touche. Sans lumière. Dans des ténèbres impénétrables comme le Styx.

— Je les aime pas celles-là, dit Alex. (Il articula si rapidement qu'ils surent qu'il n'avait pas la moindre idée de ce dont elle parlait.) Ce sont les pires.

— Et pendant ce temps, Buffy a besoin de notre aide. (Willow s'écroula dans le fauteuil dans lequel Buffy était assise auparavant, ses doigts enserrant le chouchou oublié par la Tueuse.) Je n'aime pas être Chômage Girl. C'est frustrant.

— Un peu comme d'être un Observateur, en fait, dit soudain Giles. Bien que je sois d'accord avec toi, Willow. Je veux dire au sujet de la frustration. Malheureusement, compte tenu des circonstances, je ne vois pas bien ce que nous pourrions faire.

— C'est bien ça, le problème. On ne voit pas ; on n'y voit rien ! se lamenta Willow.

— Il est minuit, dit Oz.

— Bon, murmura la Tueuse. (Elle baissa les yeux sur la carte de visite blanche qu'elle tenait à la main, puis regarda à nouveau la maison.) Je crois que c'est là.

2000, Elysian Fields Lane.

Elle aurait dû se douter que cela allait être une de ces maisons qui lui donnaient toujours envie de grincer des dents. Une horreur mélangeant les styles, typique du Sud de la Californie. Avant de s'installer à Sunnydale, Buffy ne s'était jamais penchée sur le fait que l'architecture pouvait instinctivement inspirer de la peur. Il faut dire que, quand elle vivait dans la Cité des Anges, elle était encore innocente.

La maison de la mère vampire était bâtie sur une des collines basses au-dessus de Sunnydale. Ses murs de pierre étaient d'un blanc étincelant, même dans l'obscurité du milieu de la nuit. Sur le devant, un perron soutenu par d'énormes colonnes blanches faisait ressembler la maison à un croisement entre Tara, la propriété d'*Autant en emporte le vent*, un temple grec conçu sous acide, et une tête de mort souriante.

Bien vu, la tête de mort, pensa Buffy.

Elle remonta l'allée devant la maison en inspirant un grand coup pour calmer ses nerfs, tout en écoutant le bruit de ses semelles claquant sur les dalles de pierre. Elle avait toujours l'impression d'être suivie et observée, mais elle était parvenue à ne plus y faire attention.

Ce qui importait, c'était ce qui l'attendait. Même si cela n'allait pas être une partie de plaisir.

Elle parvint au perron et grimpa le petit escalier qui y menait. La lumière du perron s'alluma en clignotant. Buffy leva le bras pour ne pas être éblouie. Elle sentait ses muscles se tendre, se préparant à la bataille. La porte de la maison s'ouvrit sans bruit devant elle.

Entre donc dans mon salon, dit l'araignée à la mouche.

Les araignées. Beurk !

Buffy redressa les épaules, leva le menton et passa le seuil de la maison.

— Chéri, je suis rentrée, cria-t-elle.

Rien.

Derrière elle, la porte se ferma en claquant.

CHAPITRE IX

Dans la demeure qui lui servait de refuge, le vampire du nom d'Angel avait les yeux rivés sur le feu. Mais il ne voyait pas les flammes, ni le bois qu'elles dévoraient lentement. Ce qu'il voyait était dans les yeux de son esprit : les aiguilles d'une pendule, qui avançaient inexorablement vers minuit.

J'ai dû la laisser y aller sans moi.

Il y avait beaucoup de choses auxquelles Angel avait dû se résoudre, beaucoup de batailles qu'il avait appris à ne pas livrer, parce qu'il savait qu'il ne pourrait jamais les gagner. Lutter contre ce qu'il était – un démon avec une âme – était l'une de ces batailles. Mais il y avait une chose à laquelle il ne s'était jamais fait, et la fréquence à laquelle il y était confronté n'y changeait rien. Il ne s'était jamais fait à l'idée qu'il y avait des fois où il lui fallait se mettre en retrait et regarder la femme qu'il aimait affronter le danger. Sans lui.

Il frappa le manteau de la cheminée du poing, ne ressentant pas la force de l'impact sur la pierre, tout comme il ne sentait pas la chaleur des flammes devant lui. Il ignorait pourquoi, quand il était inquiet, l'une de ses premières impulsions était de faire un feu, et cela l'intriguait. Cet élan vers la lumière et la chaleur ne l'avait jamais quitté, même après toutes ces années et toutes ces choses qui avaient fait de lui ce qu'il était désormais.

C'était peut-être génétique. Certaines choses en lui se trouvaient peut-être tellement ancrées qu'elles ne changeraient jamais. C'était sans doute aussi simple que ça. Aussi élémentaire.

Et le fait qu'il puisse profiter seulement de l'un des aspects bienfaisants du feu n'avait manifestement aucune importance. Il jouissait de toute la lumière du feu, mais pas du tout de sa chaleur. Cela faisait deux cents ans qu'il était mort. Aucun feu sur terre ne pourrait jamais plus le réchauffer.

Dis-moi, comment est-ce d'être celui que tu es et d'avoir une âme ?

Il sentit ses lèvres s'arrondir et esquisser un sourire amer malgré lui. Il devait rendre justice à Némésis. Elle avait incontestablement l'art de formuler ses questions.

Donne ta langue au diable, pensa-t-il. Le fait de ne pas être vivant était la seule chose qui faisait que sa vie n'était pas un véritable enfer.

Il tourna soudain la tête, quelques secondes à peine avant d'entendre le premier des coups frénétiques frappés sur sa colossale porte d'entrée. Il traversa la pièce en quelques grandes foulées rapides et ouvrit brusquement la porte. Willow se tenait derrière la porte, dans l'obscurité. Oz était à ses côtés. Et Alex et Giles juste derrière. Il distinguait le van d'Oz et la vieille Citroën de Giles, tous deux garés devant chez lui.

Ave, Ave, toute la bande est là, se dit Angel. Mais pourquoi donc étaient-ils venus chez lui ?

— Que se passe-t-il ? demanda-t-il sèchement. Il y a quelque chose qui ne va pas ?

— Rien, répondit Willow.

Elle tenait dans les mains une grande marmite en cuivre.

— Vous n'êtes sans doute pas venus jusqu'ici pour me préparer une petite soupe à l'oignon ?

Oz leva la main droite dans laquelle il tenait un objet : un pichet d'eau de source.

— Séance de voyance, dit-il sèchement.

Angel fronça les sourcils. Il n'avait jamais sous-estimé la force des sentiments que les amis de Buffy éprouvaient pour elle, mais cela lui arrivait encore de s'en étonner.

— Une séance de voyance, répéta-t-il. C'est une idée intéressante. (Il regarda à nouveau Willow.) C'est une idée à toi ?

La rouquine hocha la tête en resserrant son emprise sur la marmite. J'ai pensé que si on ne pouvait pas accompagner Buffy, on pourrait au moins savoir ce qui se passe. Comme ça, on pourrait... tu vois... si ça tourne mal.

— Voler à son secours comme la cavalerie, suggéra Angel.

Willow acquiesça encore d'un signe de tête.

— Quelque chose de ce genre, approuva-t-elle.

— Je leur ai expliqué les risques de ce type d'expérience, intervint Giles sur un ton pas très naturel. Mais il semblerait que je sois écrasé par la majorité, comme toujours.

Et pas seulement pour ce qui est du sort, pensa Angel. Giles ne devait pas être franchement ravi de l'endroit que Willow avait choisi. *Mais la raison pour laquelle il est venu est la même que celle pour laquelle je vais le laisser entrer.*

Parce que la Tueuse passait avant le reste. Elle était toujours leur priorité.

Angel recula et invita les amis de Buffy à entrer d'un geste en essayant de ne pas accorder d'importance au fait que Giles soit le dernier à franchir le seuil de sa maison.

— Maman ?

Buffy se tenait sur le pas de la porte d'entrée de la maison de la vampire et procédait à une rapide évaluation de ce qui l'entourait. Elle se trouvait dans un vestibule en marbre donnant sur deux couloirs qui, comme des bras ouverts, partaient dans des directions opposées. Le mur en face d'elle était tapissé d'un papier peint imprimé d'énormes roses.

La prédilection de la mère vampire pour les fleurs ne se limitait visiblement pas à ses vêtements. Et c'était amplement suffisant pour qu'une jeune fille s'inquiète de la suite des événements.

La Tueuse inspira un bon coup et retint un moment sa respiration avant d'expirer. L'atmosphère de cette maison était froide et sentait le renfermé.

Cela fait un moment qu'un être vivant n'est pas venu ici, pensa-t-elle.

Et quiconque y était entré vivant n'avait pas fait de vieux os. Rien que d'y penser, son pouls s'accéléra.

Où est ma mère ?

La Tueuse décida qu'il valait mieux prendre une direction, n'importe laquelle, que de rester plantée là, et elle opta pour le couloir de droite. Elle s'y engagea lentement, en progressant dos au mur.

— Oh, c'est bien, dit une voix sur sa gauche. Tu es à l'heure.

Buffy se retourna prestement en se mettant immédiatement en position de combat. Némésis se tenait au milieu du vestibule. Les trois visages que Buffy voyait souriaient.

— C'est bien, dit la Compensatrice dont les trois têtes hochaient pour manifester leur approbation. J'aime la ponctualité chez les participants. C'est de bon augure pour l'épreuve.

Buffy se sentit sur le point de perdre le contrôle d'elle-même. Elle était là pour sauver la vie de sa mère, et cette preuve sur pattes des bienfaits d'un soin du visage régulier s'adressait à elle comme si Buffy s'apprêtait à participer à un mauvais jeu télévisé.

— Où est ma mère ?

L'horrible sourire de Némésis s'élargit un peu plus.

— Colère, colère, dit-elle. La patience est une vertu, Tueuse. Tu n'as qu'à demander à ton Observateur.

Buffy se mordit la langue. Elle ferait mieux de ne pas donner l'occasion à cet instrument des Forces des Ténèbres de se moquer d'elle. Giles l'avait prévenue : c'était peut-être une manœuvre destinée à détourner son attention. Elle devait se servir de son intelligence et se concentrer sur ce qui était important.

Connaître les détails de l'épreuve. Tirer Maman de là. Se tailler.

— Où est Madame Walker, la mère vampire ?

— Ainsi, tu as découvert son identité, fit remarquer Némésis. Je me demandais si tu en prendrais la peine. C'est du travail rondement mené. Je te félicite.

— Où est-elle ? demanda à nouveau Buffy.

— Tu n'as nul besoin de connaître l'endroit où elle se trouve, répondit la Compensatrice. Elle n'est pas impliquée dans ce que tu t'apprêtes à faire. Son rôle s'est achevé après qu'elle a eu accepté les règles de l'épreuve. A présent, la seule chose qu'elle puisse faire, c'est attendre le résultat.

— Elle va être super déçue.

— C'est comme cela que tu envisages les choses ? demanda la Compensatrice. Dans l'immédiat, si tu veux bien aller par là.

— Après vous, dit Buffy.

Némésis sourit à nouveau, puis elle se retourna et s'engagea dans le couloir de gauche. Buffy la suivit lentement, en regardant constamment de part et d'autre pour enregistrer le maximum d'informations sur ce qu'elle voyait autour d'elle.

Plus elle avançait, plus le calme et le silence qui régnaient dans cet endroit devinrent évidents pour Buffy. Les murs épais de la maison ne laissaient parvenir aucun son de l'extérieur. Les seuls sons que Buffy percevait étaient sa respiration, ses pas, et les battements réguliers et intenses de son cœur.

Pour la première fois, Buffy réalisa que, lorsque Némésis ne parlait pas, elle ne faisait aucun bruit.

Le mur tapissé de roses aboutissait à une entrée, en contrebas de laquelle il y avait un salon. Le papier de cette pièce-là était couvert d'iris violets géants.

— Cette épreuve n'a rien à voir avec mes talents de conseillère en décoration, par hasard ? s'enquit-elle.

Les quatre visages de Némésis poussèrent un bref éclat de rire étranglé, et leurs yeux rouges s'irradièrent.

Les meubles du salon avaient l'air démodé, comme si la mère vampire, Madame Walker, se trimballait toujours le mobilier qu'elle avait à l'époque de la guerre de Sécession. Des canapés aux dossiers droits, des tables et des chaises donnant l'impression d'être montées sur échasses. Tout semblait inconfortable. En dehors des lampes, Buffy ne voyait aucun équipement électrique moderne. Pas de chaîne stéréo, pas de télé, pas de magnétoscope.

Pas étonnant que Webster et Percy aient été tellement à côté de la plaque, se dit Buffy. A part mordre des gens, il n'y avait pas mille façons de s'amuser dans cette maison. Et en plus, à tous les coups, on ne devait même pas vous laisser mettre les pieds sur le mobilier une fois qu'on avait pris du bon temps.

— Comme tu peux le voir, la pièce principale de cette maison est assez spacieuse, dit Némésis qui, escortée de

Buffy, traversa le salon jusqu'à une porte au fond du salon.

— Vous savez, fit remarquer Buffy en suivant Némésis sur un tapis quelques tons en dessous des fleurs violettes sur les murs, je suis sûre que si votre job pour les Forces des Ténèbres finissait par ne plus vous amuser, vous auriez un bel avenir dans l'immobilier.

Et si on pouvait en venir à l'épreuve, ça me ferait bien plaisir.

— Mes projets ne te concernent pas, répondit Némésis en entraînant Buffy dans une vaste cuisine dont le papier peint était parsemé de fleurs dont Willow avait un jour dit qu'elles étaient vénéneuses – les digitales pourprées.

Némésis traversa la pièce en direction de deux portes côte à côte.

Nous y voilà enfin, pensa Buffy. *La femme ou le tigre ?*

— Ce qui te concerne, dit Némésis, est *là*-dedans.

Elle ouvrit brusquement l'une des deux portes. Buffy se raidit puis se ravisa :

— Je suis censée chercher ma mère dans un placard à balais ?

Némésis claqua la porte avec une violence telle que les assiettes aux décorations botaniques accrochées aux murs sur des supports en forme de fleurs en furent ébranlées.

— Je déteste ce genre de situation, dit-elle. (Elle fit deux pas sur la gauche.) Ce qui te concerne *vraiment* est là, en bas.

Elle ouvrit triomphalement la seconde porte. Buffy vit un escalier qui s'enfonçait indistinctement dans l'obscurité.

Une autre cave. Evidemment, se dit Buffy. Mais pourquoi n'avait-elle jamais la possibilité de se battre contre quelque chose qui aimait se balader au grand air ? Dans le parc, par exemple. Dans la journée. Avec le chant des oiseaux en musique de fond.

Buffy s'avança vers le haut des marches et regarda en bas en plissant les yeux. Le reste de la maison de la mère vampire était impeccable, sans la moindre trace de poussière nulle part. En revanche, les marches qui menaient à la cave étaient recouvertes d'une épaisse couche de poussière et les poutres au-dessus d'elles étaient ornées de toiles d'araignées.

— Une fois que tu auras posé le pied dans cet escalier, expliqua Némésis, tu entreras dans le monde de l'épreuve et tu laisseras le monde que tu connais derrière toi.

Génial, pensa Buffy. Ça, c'était une façon originale de lui dire « Tu n'en sauras pas davantage ». Ou alors, elle ne voyait pas ce que cela signifiait.

— Dites-moi, qu'est-ce qu'il y a en bas ? demanda-t-elle. Des monstres ?

Némésis hocha la tête.

— Tu as trouvé du premier coup. Bien que le genre de monstres que tu vas trouver dépende entièrement de toi.

Buffy roula des yeux. Elle aurait été plus inspirée de ne pas poser une question aussi directe. De nos jours, une jeune fille n'obtenait jamais une réponse directe d'une créature âgée de plus de trois cents ans.

— Prête l'oreille et écoute attentivement les règles de ton épreuve, récita la Compensatrice. Ton adversaire a invoqué les Forces des Ténèbres pour venger la mort de ses…

— Ça, je le sais. J'y étais, l'interrompit Buffy.

— Silence ! vociféra Némésis.

— Pardon, marmonna Buffy.

— Ton adversaire a fait preuve d'un remarquable

dévouement à sa famille, poursuivit Némésis. (Buffy essaya de ne pas faire attention à sa façon de s'exprimer, qui lui rappelait énormément Giles.) Particulièrement pour une vampire. Plutôt que d'abandonner ses fils, ou tout simplement de les tuer, elle les a initiés elle-même, et elle les a gardés à ses côtés pendant toutes ces années. Elle les aime à sa façon. Ton épreuve déterminera l'amour le plus fort : celui de la mère vampire pour ses fils, ou ton amour pour ta mère.

Bon, ça devrait être fastoche, se dit Buffy. Elle sentit qu'elle se détendait pour la première fois depuis qu'elle avait mis le pied dans la maison de la vampire.

S'il s'agissait de déterminer l'amour le plus fort entre le sien et celui de Maman Vampire, Buffy se dit qu'elle avait toutes les chances de remporter l'épreuve haut la main.

Elle était humaine. Pas Madame Walker, qui était une vampire, un être sans âme. Il était certain que ce qu'elle ressentait pour ses fils ne pouvait pas soutenir la comparaison ou rivaliser avec les sentiments que Buffy éprouvait pour Joyce. Il y avait longtemps que Madame Walker avait perdu la faculté d'aimer.

— Si ton amour est le plus fort, reprit Némésis, alors il triomphera, et toi avec. Et l'appel à la vengeance de Madame Walker lui sera refusé. Tu trouveras ta mère, la libéreras et retourneras dans le monde des vivants, dans le monde que tu connais. Et vous quitterez toutes les deux cet endroit saines et sauves.

— Je trouve que vous vous donnez beaucoup de mal pour une fin prévisible, fit remarquer Buffy. Je suis humaine et pas elle. Point final. C'est aussi simple que ça.

Némésis eut un sourire rapace.

— C'est ce que tu penses ? demanda-t-elle. J'aurais pourtant cru que, à ce jour, si quelqu'un devait avoir réalisé que lorsqu'il s'agit d'amour rien n'est simple, c'était bien toi.

Buffy fut soudain parcourue d'un frisson. *C'est vrai*, pensa-t-elle. Des images de personnes qu'elle aimait et qui avaient dit l'aimer affluèrent à son esprit.

Ses amis, qui étaient toujours là pour elle. Son père, qui l'avait été jadis. Sa mère. Giles. Et enfin Angel, le moins simple de tous. Même lorsqu'il avait perdu son âme et était redevenu Angélus, lui et elle étaient toujours restés liés. Il l'avait prouvé. Elle était celle qu'il avait voulu blesser le plus.

— Que se passera-t-il si j'échoue ? demanda-t-elle.

Les yeux rouges de Némésis la fixèrent avec insistance.

— Tu souhaites vraiment que je réponde à cette question ?

— En fait, non.

— Dans ce cas, la cérémonie d'ouverture est officiellement close. Tu peux te disposer à commencer cette épreuve. Prépare-toi.

— Attendez un peu ! protesta Buffy.

— En piste.

— Mais, et pour…

Némésis tendit une de ses énormes mains et poussa la Tueuse. Soulevant des nuages de poussière sur son passage, Buffy dévala les premières marches en titubant, cherchant en vain des mains une prise sur la rampe.

— C'est parti ! cria la Compensatrice.

Alors, elle claqua la porte, plongeant Buffy dans une obscurité totale.

CHAPITRE X

Il avait fallu à Suz faire deux fois le tour de la maison pour découvrir ce qu'elle voulait savoir.

Tout d'abord, en dépit de son emplacement dans un quartier chic, la maison dans laquelle Buffy avait pénétré ne semblait pas équipée d'une alarme. Ensuite, il y avait à l'arrière de la maison une série de fenêtres qui paraissaient toutes donner sur une grande pièce qui occupait toute la longueur du rez-de-chaussée.

Derrière ces fenêtres, la pièce était baignée d'une lumière douce, éclairée par quelque chose que Suz n'était pas parvenue à identifier. Au premier abord, elle avait pensé à des bougies, et s'était demandé un instant si elle ne s'était pas trompée sur les raisons qui avaient poussé Buffy à sortir de chez elle au milieu de la nuit. S'il s'agissait d'une aventure, elle était peut-être d'ordre sentimental.

Puis Suz réalisa que l'éclairage était trop uniforme pour qu'il provienne de bougies. La lumière ne dansait pas, ne vacillait pas. Elle était stable et tamisée. C'était juste un mystère de plus dans une nuit pleine de mystères. Dans la cour derrière la maison, tapie dans l'ombre d'un gros arbre, Suz sentit sa détermination croître.

Elle n'aimait pas les mystères. Elle aimait les choses franches, claires, ouvertes, qu'on pouvait regarder en face tout en les jaugeant. Les choses qu'on ne voyait pas, les choses qu'on ne connaissait pas étaient, elles, susceptibles de vous blesser.

Je ne partirai pas d'ici avant d'avoir découvert ce qui se passe.

Les yeux braqués sur la maison, Suz changea de position. Ce n'était plus qu'une question de minutes maintenant. Elle avait observé la maison pendant environ un quart d'heure après que Buffy y avait pénétré. Dans cet intervalle, Suz n'avait constaté aucune allée et venue. Personne n'y était entré. Personne n'en était sorti. Pas même le moindre mouvement alentour pour autant qu'elle ait pu en juger. Si elle n'avait pas vu de ses yeux la porte s'ouvrir et Buffy entrer, Suz aurait supposé qu'il n'y avait personne dans cette maison.

Parfait. Moins il y avait de monde à l'intérieur, moins cela faisait de personnes à qui tirer les vers du nez pour obtenir les réponses qu'elle cherchait.

Bon, assez attendu. Maintenant, le spectacle va commencer.

Convaincue que la pièce qu'elle lorgnait était vide, Suz s'avança, ramassée sur elle-même. Elle resta dans l'ombre que l'arbre projetait aussi longtemps qu'elle le put. Ensuite, elle courut jusqu'à la maison. Elle se plaqua contre le mur entre deux fenêtres et attendit que son rythme cardiaque baisse.

Elle n'avait pas fait tout cela pour être maintenant trahie par sa propre respiration.

Vous pouvez m'appeler Suz Tompkins, Commando.

Lorsqu'elle eut retrouvé une respiration silencieuse et régulière, Suz s'agenouilla à côté de la fenêtre qu'elle avait choisie et réfléchit à la situation. *Je ferais aussi bien d'essayer l'approche la plus simple.* Un des rares cours de seconde qu'elle avait vraiment aimé avait été la géométrie. La distance la plus courte entre deux points est la ligne droite.

Elle écarta la tête, tendit le bras et donna un coup bref dans la fenêtre avant de rabattre son bras.

La fenêtre s'ouvrit silencieusement.

Suz sentit son cœur faire un bond de triomphe dans sa poitrine, mais elle resta parfaitement immobile. Cela avait été méchamment facile. Peut-être trop facile. Elle savait par expérience que, quand quelque chose semblait trop beau pour être vrai, cela signifiait, en général, que c'était effectivement le cas.

Elle attendit. Il ne se passa rien, et elle finit par estimer qu'elle avait suffisamment attendu. En deux temps trois mouvements, Suz enjamba alors le rebord de la fenêtre d'une jambe, passa la tête à l'intérieur de la maison, puis pivota et introduisit son autre jambe à l'intérieur. Elle se redressa et se retourna vers la fenêtre. D'un geste agile, elle la tira, laissant juste un espace assez grand pour pouvoir y glisser les doigts. Elle ne voulait pas perdre de temps à vérifier si les autres fenêtres étaient, elles aussi, seulement poussées, et c'était un moyen comme un autre de repérer celle par laquelle elle était entrée.

Elle se retourna, en proie à une montée d'adrénaline.

J'ai réussi. Je suis entrée.

— Tu es vraiment sûre de vouloir le faire, dit Giles, d'une ton qui oscillait entre l'affirmation et la question.

De l'autre côté de l'âtre, Willow hocha énergiquement la tête, dans un flot de cheveux roux.

— Absolument. J'en suis tout à fait sûre.

La bande se trouvait dans ce que Giles supposait devoir être le salon d'Angel. *Est-il possible d'avoir un salon, si on est mort ?*

Il était, bien entendu, complètement vain de se poser de telles questions, mais cela lui permettait au moins de ne pas penser à une chose en particulier.

Je préférerais être n'importe où qu'ici. Dans les limites du raisonnable, évidemment.

Pourtant, son honnêteté forçait Giles à reconnaître qu'Angel s'était déjà rendu utile, ne serait-ce qu'à lui-même. Il avait entretenu le feu qui, vif et chaud, flambait maintenant exactement comme il le fallait pour la première étape de la séance. *Je suppose qu'il faudrait que je sois reconnaissant envers Angel pour son aide.*

L'un dans l'autre, il y avait peu de chances pour que cela arrive.

Giles se tenait d'un côté de la cheminée à côté d'Alex, et il observait attentivement Willow qui se trouvait en face d'eux. Elle semblait fébrile mais résolue. Oz, silencieux comme à son habitude, était à côté d'elle. Angel était seul, en retrait par rapport au feu, entre les deux groupes. La pointe du triangle. Le pivot.

D'un côté, ceux qui cherchent délibérément l'aide du vampire et, de l'autre, ceux qui s'y refusent, pensa Giles.

Quoique ayant fait son possible pour trouver une alternative, Giles devait bien convenir que, bien que dangereuse, la proposition de Willow de recourir à la voyance était judicieuse. Il était même prêt à admettre qu'il aurait dû y penser lui-même. Il regrettait seulement que Willow ait insisté pour le faire dans la demeure d'Angel. Giles n'aimait pas demander de l'aide à Angel. Cela allait à l'encontre de ses penchants et des règles qu'il avait apprises.

Le fait qu'il soit l'Observateur d'une Tueuse qui avait enfreint à peu près toutes les règles du manuel n'était pas d'une grande aide – mais c'était souvent le cas. Surtout quand l'une des règles d'or qu'elle avait transgressée à plus d'une reprise était résolument élémentaire : ne jamais faire confiance à un vampire. Sans parler d'en aimer un.

Les vampires étaient l'ennemi. Ils n'étaient bons qu'à

une chose : être tués. Même si Giles devait reconnaître qu'Angel se détachait plutôt du lot, pour un vampire.

Cependant, il avait eu assez de mal comme cela à faire confiance à Angel avant que le malheureux ne redevienne Angélus. Après ce qu'il avait fait à Jenny Calendar, il était quasiment impossible de lui faire confiance à présent.

Avec ce genre de raisonnement, tu mets tes propres intérêts en avant, Rupert, se dit-il en se rappelant lui-même à l'ordre. Ce qui signifiait qu'il enfreignait une de ses règles à lui.

Les intérêts de la Tueuse passaient en premier. En toutes circonstances.

— Entendu, alors, dit-il en regardant à nouveau en direction de Willow. Puisque tu es si décidée, je crois qu'on ferait mieux de s'y mettre. Tu as les herbes pour purifier la pièce ?

Willow acquiesça encore d'un signe de tête et s'approcha d'une table basse qu'Angel avait placée devant le feu, et sur laquelle étaient disposés les différents ustensiles et ingrédients nécessaires à la séance de voyance.

Un bouquet de sauge. Un cristal de quartz transparent, aussi long et aussi épais que l'index de Giles. Le pichet d'eau de source et la bassine en cuivre. Le livre qui contenait la formule magique. Angel avait aussi apporté un coussin pour Willow. Pour que le sortilège fonctionne, elle aurait à tenir la bassine.

— Je l'ai déjà dit mais je crois qu'il est nécessaire de le répéter, dit Giles tandis que Willow ramassait le bouquet de sauge et se dirigeait vers le feu. Les séances de voyance sont très éprouvantes et ne doivent surtout pas être prises à la légère. Se lancer dans une expérience de ce genre requiert une concentration absolue et continue. Un seul écart…

— Et la situation ne sera pas pire que ce qu'elle est

déjà, l'interrompit Angel, en sortant de son long silence. La séance ne peut pas changer le cours des événements pour Buffy, Giles ; elle nous permettra seulement de voir ce qui se passe.

— Je n'ai pas besoin de vous…, s'emporta violemment Giles. (Il s'arrêta au milieu de sa phrase et prit une longue et profonde inspiration. Il ne servait pas à grand-chose de se disputer avec Angel. Surtout qu'il avait raison. Jusque-là.) Je sais bien que la séance n'aura aucun effet sur Buffy. C'est l'effet qu'elle est susceptible d'avoir sur Willow qui m'inquiète. La voyance n'est pas comme les autres sortilèges. La personne qui s'y prête, le « voyant », pourrais-je dire à défaut d'autre chose, ne se contente pas de faire appel à de l'énergie pour la transformer. Le voyant devient littéralement l'intermédiaire de cette énergie. Il existe des comptes rendus historiques de voyants rendus fous par le pouvoir de ce qu'ils avaient conjuré.

Giles ôta ses lunettes, essuya les verres et les remit sur son nez.

— Est-ce que, maintenant, les raisons de ma réticence sont claires pour tout le monde ?

— Giles, il faut que je le fasse, déclara Willow au bout d'un moment. C'est… une… (elle plissait le front, comme si elle cherchait les mots justes pour le convaincre) … chose que je dois faire. Pour Buffy.

— Comme ça, c'est sûr que c'est clair, marmonna Alex qui intervenait dans la conversation pour la première fois depuis qu'ils étaient arrivés.

Giles poussa un soupir. *Bon, j'ai essayé.* A partir de maintenant, il ferait de son mieux. Comme d'habitude.

— As-tu un objet appartenant à Buffy ? Tu vas en avoir besoin pour te concentrer sur les images que tu vas invoquer.

Willow fouilla dans sa poche et en sortit le chouchou

que Buffy avait ôté de ses cheveux au cours de leur séance de recherches à la bibliothèque plus tôt dans la soirée.

— D'accord, ce n'est pas un objet personnel distinctif en termes de personnalité, reconnut-elle. Mais cela fera l'affaire. Je le sais.

— Si tu le dis.

Giles alla jusqu'à la table et y prit le livre qui renfermait la formule.

— Tout le monde est prêt ? Très bien. Commençons par purifier la pièce.

Willow jeta le bouquet de sauge dans les flammes.

— Ouaouh, s'exclama Alex. Personne ne m'avait dit que cela sentirait les spaghettis.

Je peux le faire.

Willow était assise devant le feu sur le coussin qu'Angel avait sorti, les jambes croisées et la bassine en cuivre posée entre les genoux. Oz était debout à côté d'elle, le pichet d'eau de source à la main. Willow tenait le cristal de quartz dans une main et le chouchou de Buffy dans l'autre. Giles se tenait derrière elle, prêt à lui souffler les paroles incantatoires, au cas où elle en aurait besoin. Ce qui n'était pas franchement le cas.

Elle s'apprêtait à invoquer Isis, une divinité de l'Antiquité dotée d'un tel pouvoir qu'elle avait rendu la vie à Osiris, son époux assassiné.

Il était impossible d'oublier qu'il fallait solliciter gentiment une fille comme Isis.

— C'est bon, dit Willow. Je suis prête.

Elle prit le quartz dans le creux de ses deux mains, souffla dessus, puis le plaça au fond de la bassine. Elle fit un signe de la tête et Oz y versa l'eau de source. Willow attendit que l'eau dans la bassine soit suffisamment immobile pour voir distinctement le cristal dans le fond. Alors, elle jeta le chouchou dans l'eau, en essayant de ne pas penser au fait qu'il avait l'air d'un minuscule beignet en plastique qui flottait.

— Puissante Isis, donneuse de Vie, entends ma prière.

Willow se pencha et souffla sur la surface de l'eau, la faisant onduler. Lentement, le chouchou coula au fond. Elle attendit encore que la surface de l'eau soit redevenue uniforme.

— Insuffle de la vie à l'image de celle que j'appelle.

Une pluie d'étincelles fusa du feu, tandis qu'une rafale de vent descendait le conduit de la cheminée en rugissant avant d'envelopper Willow.

— Entends maintenant le nom que je te donne, appela Willow.

La pièce devint complètement silencieuse et la surface de l'eau, aussi lisse que du verre. L'air juste audessus commença à miroiter très légèrement, comme s'il attendait que Willow prononce les mots qui le feraient fusionner pour lui donner une forme et une substance véritables.

— Buffy Summers.

Buffy se tenait en haut de l'escalier de la cave, toussant pour débarrasser ses poumons de la poussière et attendant que ses yeux s'habituent à l'obscurité.

Tu parles d'une cause perdue.

L'obscurité était totale. Absolue.

Pourquoi n'ai-je pas emporté une lampe de poche ? se demanda la Tueuse. *Si j'avais su que l'épreuve consisterait à être enfermée dans une cave d'un genre surnaturel et plongée dans le noir, j'y aurais probablement pensé*, se dit-elle.

Mais elle ne l'avait pas su. Et elle tenait à garder les

mains libres pour parer à tout ce qui était susceptible de l'attaquer. Quoique, dans l'immédiat, ses seuls agresseurs potentiels se réduisaient à des moutons de poussière géants.

Buffy commença à descendre, agrippant fermement la rampe de la main droite, et la main gauche tendue devant elle. Tout en elle la pressait de se dépêcher, mais elle s'obligea à avancer lentement, testant chaque marche du pied avant de progresser.

Elle se dit que le jour était venu de rendre Giles fier d'elle en ayant recours au pouvoir de son intelligence de Tueuse ainsi qu'à la force de ses poings.

Autant qu'elle ait pu en juger par ce qu'elle avait vu, les marches semblaient solides. Mais elle n'avait pas vu grand-chose. Et il était peu probable qu'elle puisse sauver sa mère si elle se blessait en perdant l'équilibre et en s'étalant en bas de l'escalier.

En partant une fois de plus du principe que l'escalier avait un bas. Après tout, ce n'était pas une cave comme les autres.

Buffy descendit une autre marche. Quelque chose effleura sa main tendue, aussi léger que du tulle et aussi poisseux qu'un papier tue-mouches. Elle ne put s'empêcher de ramener brusquement sa main vers elle. La chose qui l'avait frôlée vint avec et se répandit sur sa tête tel un nuage collant à ses cheveux et à ses cils.

Des toiles d'araignées. Répugnant.

Buffy se frotta hâtivement pour s'en débarrasser en regrettant une fois de plus de ne pas avoir de quoi s'éclairer. S'il lui fallait se déplacer à tâtons dans la cave les mains constamment tendues devant elle, cela promettait d'être fastidieux.

— Que je suis bête, dit-elle soudain.

Elle avait de quoi s'éclairer dans la poche de son

blouson. C'était même la seule chose qu'elle ait emportée. Ce n'était peut-être pas une source de lumière bien puissante, mais ce serait nettement mieux que rien.

Elle sortit prestement la boîte d'allumettes qu'elle avait prise sur la cheminée du salon et l'ouvrit en faisant bien attention à la garder au creux de sa paume. Il faisait si noir qu'elle ne voyait même pas la boîte et était incapable de dire si elle était à l'envers ou à l'endroit. Elle n'avait aucune envie de répandre les allumettes dans l'escalier avant même d'avoir réussi à en allumer une.

Ses doigts trouvèrent une allumette et s'en saisirent. Elle referma la boîte, repéra l'extrémité inflammable de l'allumette au toucher et la frotta sur la partie abrasive de la boîte. L'allumette s'enflamma du premier coup. Buffy poussa un soupir de soulagement. Cela ne donnait pas beaucoup de lumière mais cela suffisait.

Elle remit la boîte d'allumettes dans sa poche et leva haut celle qu'elle tenait.

Au-dessus de la faible lueur dorée, une paire d'yeux couleur purée de pois cassés la dévisageait.

— Buffy ! cria Willow. Fais gaffe !

La rouquine sentait l'énergie du sortilège se propager dans son corps. Cela cognait dans sa tête, juste derrière ses yeux. Mais elle savait qu'elle ne pouvait pas détourner le regard de l'image qu'elle avait contribué à faire apparaître. Si elle le faisait, elle risquait de mettre un terme au sortilège.

— C'est quoi, le truc qui est avec elle ? entendit-elle Alex murmurer. Le Géant Vert ? Un type comme lui devrait être de notre côté, non ?

— Il est gros, acquiesça Oz.

Je ne peux rien faire ! se dit Willow. Elle ne pouvait pas aider son amie. Elle pouvait seulement regarder.

L'image bougeait lentement, montrant parfois Buffy figée.

C'est moi qui fais ça ? Est-ce que je peux l'accélérer ?

— C'est maintenant que je dois comprendre pourquoi ces types sont devenus fous autrefois ? demanda-t-elle à voix haute.

Elle sentit les mains d'Oz se poser sur ses épaules.

— Du calme, dit-il doucement.

— Tu sais, Willow, tu n'es pas obligée de continuer, lui dit Giles à côté d'elle. On peut arrêter n'importe quand. Buffy ne voudrait pas que tu prennes des risques pour rien.

Mais ce n'est pas pour rien, pensa Willow. Les amis de Buffy, son équipe de soutien, avaient besoin de savoir ce qu'elle traversait. *Et c'est moi qui peux le leur montrer.*

— C'est bon, dit-elle. Je peux encore continuer.

— Buffy est combative, dit Angel. Elle va trouver quelque chose pour s'en débarrasser.

Elle le savait.

— Je le sais.

Vas-y, Buffy. Trouve quelque chose.

Elle fit la première chose qui lui vint à l'esprit.

Ses instincts de Tueuse déferlèrent en elle comme une décharge électrique de mille volts. Buffy plia les genoux et sauta. Un quart de seconde avant qu'il ne s'éteigne, elle enfonça le bout enflammé de l'allumette dans l'un des yeux vert vif au-dessus d'elle.

Un hurlement de douleur déchira le silence de la cave. L'œil se ferma immédiatement. L'atterrissage de Buffy fut brutal. Elle sentit la marche qui commençait à céder sous elle. Elle dévala plusieurs marches en trébuchant, cherchant des mains une prise sur la rampe.

Elle alla heurter de plein fouet quelque chose d'épais et de duveteux. Qui poussa un autre hurlement. Buffy sentit de longues serres lui érafler l'épaule. Elle se recula brusquement, se tourna de côté, agrippa la rampe de ses deux mains, se propulsa en l'air et projeta ses deux pieds en avant. La chose dégringola les marches en arrière en beuglant à nouveau. Quand la créature s'écrasa en bas de l'escalier, Buffy entendit le craquement d'os brisés.

Voilà au moins une réponse. Maintenant, je sais que l'escalier a un bas.

C'est alors, qu'à sa grande surprise, la chose s'enflamma. L'odeur âcre de la poussière brûlée emplit les narines de la Tueuse. C'était la même odeur que celle qui se dégageait des radiateurs quand sa mère les mettait en marche pour la première fois au début de l'hiver.

Elle ne s'était peut-être pas trompée à propos des moutons de poussière géants.

Buffy resta dans l'escalier, une main levée pour protéger son visage des flammes, pendant que la chose en bas des marches flambait comme un feu de joie.

Mais, c'est que ça brûle bien, ces trucs-là, pensa-t-elle.

La créature avait cessé de hurler à présent, et Buffy était donc quasiment certaine qu'elle était morte. Elle ne portait pas sa montre, mais elle estima qu'elle lui avait réglé son compte en moins d'une minute. Si ce que Némésis lui réservait se réduisait à cela, autant dire qu'elle en aurait fini avec l'épreuve en un rien de temps.

Et est-ce que cela ne serait pas trop génial, ça ?

D'autre part, la chose qu'elle avait tuée allait aussi l'aider à trouver sa mère.

Le tas enflammé au bas des marches était un peu plus petit maintenant. Dans son agonie, la chose avait roulé sur le côté. Buffy pouvait à présent descendre l'escalier et poursuivre son chemin sans avoir à marcher sur des charbons ardents. Cela lui faisait bien plaisir. Ses bottes étaient relativement neuves. Et en plus, elle les aimait vraiment bien. Si elle pouvait l'éviter, elle aimait autant ne pas transformer ses semelles en fromage à raclette fondu.

Buffy descendit l'escalier à toutes jambes. Une fois en bas, elle s'arrêta, se retourna, leva un pied, et l'abattit sur la dernière marche. Violemment.

Elle tapa du pied une deuxième fois. La troisième fois, le bois de la marche craqua, puis se fendit avant de se briser. Buffy redonna un bon coup de pied, juste pour le plaisir, puis elle s'agenouilla et choisit deux morceaux de bois qui pourraient lui servir de pieu. Elle les fourra dans la poche vide de son blouson.

Et alors ! Pourquoi pas ?

Le règlement de l'épreuve stipulait qu'elle ne pouvait pas *apporter* d'armes, mais pas qu'elle ne pouvait pas en ramasser ou s'en créer en cours de route.

Elle avait suffisamment regardé *Star Trek* avec Alex pour se rappeler l'épisode dans lequel le capitaine Kirk se battait contre un capitaine reptile sur une planète étrangère déserte. Il s'était quand même fabriqué de la poudre et un canon portable !

Buffy se pencha à nouveau, s'empara du plus grand bout de bois, se redressa et se retourna. Les flammes du mouton de poussière géant étaient réduites à une lueur du type joyeux feu de camp.

Et dire que je n'ai pas de quoi faire des brochettes.

Confiante à présent, Buffy s'avança.

— Vous auriez du feu, s'il vous plaît ? demanda-t-elle en plongeant le bout de sa latte de bois dans le feu. Elle l'y laissa le temps qu'elle s'enflamme. Elle savait que cette torche improvisée ne tiendrait pas longtemps, mais ce serait nettement mieux que de se balader avec une allumette. Au moins, elle voyait un peu plus où elle allait, maintenant.

— Merci.

Alors, tenant sa torche en l'air comme si elle essayait de ressembler à la Statue de la Liberté, la Tueuse s'enfonça dans l'obscurité de la cave.

Tiens bon, Maman. J'arrive.

CHAPITRE XI

Suz était dans une galerie de portraits. Ce qui n'avait aucun sens. On trouvait des galeries de portraits dans les musées, pas chez les gens. A moins d'appartenir à une famille royale ou de faire partie de la haute.

Il y a une famille royale à Sunnydale ?

Pas qu'elle sache.

Mais au moins, elle comprenait maintenant d'où provenait l'étrange lumière qu'elle avait remarquée de l'extérieur.

Chaque portrait était éclairé par une longue lampe en cuivre au-dessus, et une autre lampe au-dessous. Ces lampes projetaient des arcs de lumière illuminant chaque toile par le haut et par le bas, mettant en valeur un visage, une main. Et laissant le reste dans l'ombre.

Qu'est-ce que c'est que cet endroit ? se demanda-t-elle.

Malgré son désir d'obtenir des réponses à un autre genre de questions, elle s'approcha. C'était son plus grand atout ; et son plus gros défaut. Ce que personne n'avait jamais vraiment compris à son sujet.

Sa curiosité.

Qui lui attirait presque toujours des ennuis.

Ce qui rendait Suz Tompkins incapable de se plier aux règles n'était pas tant un désir de se rebeller qu'un désir d'en savoir plus sur la nature des limites à ne pas dépasser. Jusqu'à quel point pouvait-on soumettre quelque chose ou quelqu'un ?

Il n'y avait vraiment qu'une seule façon de le savoir.

Il fallait pousser jusqu'à ce que la chose sur laquelle vous poussiez cède. Ou que vous cédiez.

Attirée par ce qu'elle voyait sur les murs, Suz se planta devant un des plus grands tableaux. C'était le portrait d'un soldat.

Un confédéré, pensa-t-elle. A l'arrière-plan, le peintre avait même représenté le drapeau rouge du rebelle flottant dans un ciel bleu.

— Il est beau, n'est-ce pas ? dit une voix.

Suz sursauta. Elle se retourna brusquement tout en se mettant instantanément en position de combat.

C'est pas possible d'être aussi nulle ! se dit-elle.

Elle avait suivi Buffy à travers un bon paquet de rues. Elle était parvenue à pénétrer dans la maison à sa suite. Tout ça pour se faire gauler de dos. Voilà tout ce qu'elle avait gagné. Ça la tuait de s'être laissé aller à sa curiosité sur ce coup-là.

Et ça pourrait bien te tuer au sens propre du terme.

Elle se battrait jusqu'au bout, bien sûr.

La question qui se posait était : aurait-elle à se battre ? Les yeux plissés, Suz observait la femme en face d'elle.

Elle était grande, ça c'était sûr. Mais elle avait l'air d'être du genre colosse au grand cœur. Elle était bien habillée, comme si elle sortait tout juste des pompes funèbres, ou de l'opéra. Tout en noir avec des perles. Suz savait maintenant qu'elle était silencieuse. Tellement silencieuse qu'elle ne l'avait même pas entendue arriver.

A quand remontait la dernière fois où quelqu'un avait réussi à la surprendre ? Suz ne s'en souvenait pas. Mais cela faisait des lustres.

La femme ne semblait pas être sur le point d'attaquer. Elle se tenait simplement là. *Elle n'est pas si coriace que ça*, pensa Suz. Même si elle était imposante. *Je peux la battre, s'il le faut.*

Elle se laissa aller à se détendre un petit peu. *Fais-la parler. Trouve son point faible*, se dit-elle. Elle s'était sortie de beaucoup de situations délicates en discutant. Il n'y avait pas de raison pour qu'elle n'y arrive pas cette fois-ci. De plus, elle se doutait que la femme lui voulait quelque chose, sinon elle aurait déjà donné l'alerte.

Suz se retourna vers le portrait, les muscles lâches, faisant porter son poids sur la plante de ses pieds au cas où elle devrait se mettre à courir. Elle répondit d'un ton détaché :

— J'aime les hommes en uniforme. C'était qui ?

La femme s'avança jusqu'à elle. Suz s'écarta d'un pas, mais la femme en noir ne fit pas mine de la suivre. Elle regardait fixement le portrait, parfaitement calme.

— Mon mari. Mais je manque à mes obligations, poursuivit-elle avant même que Suz n'ait pu faire la moindre remarque. Permettez-moi de me présenter. Je m'appelle Zahalia Walker.

Elle tendit la main.

— Suz Tompkins, marmonna Suz.

Dans quoi je me suis fourrée ? se demanda-t-elle. Et combien de temps lui faudrait-il pour se tirer de ce guêpier ?

Elle serra la main que la femme lui tendait. Les doigts de cette dernière étaient mous et lâches, et Suz eut l'impression de serrer une poignée de spaghettis froids.

— Ah bon, dit Suz. C'était le costume d'Halloween de votre mari ou quoi ?

— Ne soyez pas ridicule, riposta Zahalia Walker.

Elle avait un accent du Sud on ne peut plus prononcé, mais son ton était exactement le même que celui de la mère de Suz quand elle était excédée. C'est-à-dire tout le temps ou presque.

Pile ce qu'il me fallait. Me faire enguirlander par Mam'zelle Scarlett.

— Nous avons commandé ce portrait dès qu'il s'est engagé. Il fut achevé la veille de son départ.

— Et ça, c'était en…

— 1861.

Et bien sûr, il a fallu que tu demandes.

Et c'était reparti. Elle avait posé une autre question. Pourquoi ne pouvait-elle pas simplement se contenter de ce qu'elle avait ?

Cette femme était complètement folle, ou alors c'était une arnaqueuse de première qui était en train de lui faire un de ses plans. Pour autant que Suz puisse en juger, elle était parfaitement sérieuse. L'expression de son visage n'avait pas changé d'un iota.

Pense à me rappeler de ne pas te proposer de jouer au poker avec moi, pensa Suz. Même s'il était peu probable que cette femme et elle soient amenées à devenir copines.

— Devenir officier fut ce dont il était le plus fier, reprit Madame Walker. (Ses yeux, soudain perçants, se déplacèrent du portrait à Suz.) Après la naissance de nos fils, s'entend.

Suz éprouva une curieuse sensation de picotements qui parcourait son épiderme.

Des fils.

Arrête, se dit-elle. *Ne demande pas. Tu ne tiens pas vraiment à le savoir.*

Oh mais si, pensa-t-elle. N'était-ce pas pour cela qu'elle avait suivi Buffy au départ ?

— Des jumeaux ? s'entendit-elle demander à voix haute.

— Mais oui, répondit Zahalia Walker, avec un accent

encore plus prononcé. (Elle sourit, révélant d'éclatantes dents blanches.) Vous connaissiez mes fils ?

Connaissiez, pensa Suz. Elle parlait au passé. Qu'avait donc fichu Buffy ?

— Je ne crois pas.

— Oh, mais moi je crois que si, répliqua Zahalia Walker. (Elle fit un pas en avant. Suz recula.) Je pense que c'est pour cette raison que vous êtes ici ce soir. Vous êtes venue soutenir la Tueuse. Je ne vous demanderai pas comment vous êtes entrée. Cela n'a pas grande importance. Votre présence ici pourrait d'ailleurs être considérée en soi comme une infraction au règlement de l'épreuve. Auquel cas, j'ai déjà gagné.

L'épreuve ? Le picotement sur la peau de Suz se transforma brusquement en chair de poule. Cette femme était bel et bien folle.

— Je ne sais pas de quoi vous parlez.

— Vraiment ?

Zahalia Walker sourit à nouveau. Puis, en moins de temps qu'il ne faut pour le dire, sa main jaillit et saisit le coude de Suz. Celle-ci découvrit que les mains blanches et potelées qui lui avaient paru si inoffensives quelques minutes auparavant étaient capables de lui briser un os.

Suz envoya un coup de poing de son bras libre qui fut immédiatement saisi et maintenu avec autant de poigne que l'autre.

— Dans ce cas, il y a toutes sortes de choses que tu ignores, ma jolie, dit Zahalia Walker.

Sous le regard horrifié de Suz, le front de la femme se plissa et ses yeux devinrent jaunes. Ses dents se métamorphosèrent en… une chose sur laquelle Suz préférait ne pas s'attarder.

Des choses comme ça ne sont pas censées exister. C'est pas possible que ce soit vrai !

— Mais tu vas les découvrir, souffla Zahalia Walker à travers ses longues dents acérées. Je te le promets.

Bon. Et maintenant, il se passe quoi ?

Buffy explorait la cave qui retentissait du bruit de ses bottes. Elle se déplaçait en en longeant le pourtour. Elle tenait la torche de la main gauche, et elle suivait le mur en l'effleurant de la main droite. Elle avait décidé de procéder de manière organisée.

Cela lui rappelait vaguement les tests d'aptitude à l'école primaire. Ce genre d'épreuve où tout le corps était mis à contribution.

« *Comment t'y prendrais-tu si tu voulais délimiter ce qui se trouve à l'intérieur de cette forme ?* » Elle se rappelait encore cette question de l'institutrice. Elle se souvenait également avoir pris le crayon numéro deux jaune et avoir tracé la forme du triangle un nombre incalculable de fois. Partir du bord extérieur. Et trouver l'entrée.

Ne laisse rien passer. Trouve ta mère.

Malheureusement, elle n'avait rien trouvé jusqu'ici, en dehors de plus de poussière. Et plus d'obscurité.

— Maman ? appela-t-elle. Maman, tu m'entends ? Où es-tu ?

Et si je ne la trouve pas ?

Buffy allongea le pas, ses doigts frottant sur le mur de la cave que sa main droite parcourait. Elle tendit le bras et leva sa torche un peu plus haut pour essayer de voir un peu plus loin devant elle dans le noir. Elle prêtait l'oreille, à l'affût du moindre bruit. A chaque pas qu'elle faisait, un sentiment d'urgence montait en elle.

Maman. Où es-tu ?

— Maman ? appela-t-elle encore. Maman, réponds-moi !

Pas de réponse. Silence.

Buffy parvint à un angle, tourna à gauche et commença à courir.

Pourquoi sa mère ne pouvait-elle pas lui répondre ? Est-ce qu'elle était blessée ? Mourante ? Et si Buffy n'arrivait pas à la trouver à temps ?

Si elle échouait ? Si elle perdait ?

Arrête ! se dit-elle violemment. *Arrête ça.*

Ce n'était pas franchement le moment de douter. Elle pouvait se poser des questions et se laisser aller au doute n'importe quel soir de la semaine au BRONZE.

Est-ce que les choses n'auraient pas pu être simples, cette fois-ci au moins ? Pourquoi fallait-il toujours que sa vie soit si difficile ? Un bon coup de pieu dans le cœur d'un vampire, ça, c'était quelque chose qu'elle comprenait et qu'elle pourrait faire là tout de suite, ou tout comme.

Soudain, la cave s'élargit et sa main droite s'enfonça dans le vide. Mue par son instinct de Tueuse, Buffy pivota lestement sur elle-même, cherchant le mur de sa main.

Avant qu'elle ne parvienne à le trouver, une main surgit de l'obscurité et l'attira.

— Non ! sanglota Willow.

Angel jeta un regard aux traits pâles de la jeune fille rousse et décida que c'en était assez. Il entraîna Giles et le prit à part.

Angel n'avait pas forcément envie de s'adresser à Giles en premier lieu. Mais, à bien y réfléchir, si quelqu'un avait appris à faire la part des choses entre ce dont il avait envie et ce qui était important, c'était bien Angel.

— Cela ne me plaît pas, lui dit-il à voix basse. Cela ne mène à rien. Cela ne réussit qu'à nous torturer, et surtout Willow. Je ne pense pas qu'elle puisse en supporter davantage.

— Eh bien, à vrai dire, pour une fois je suis d'accord avec vous, acquiesça Giles en hochant la tête. Le problème est de savoir si on peut lui faire entendre raison. Je n'ai pas besoin de vous dire combien elle peut être obstinée.

En effet, pensa Angel. Il avait plus d'une fois été impressionné par la ténacité de Willow face au danger.

— Et Oz ?

— Bonne idée…

— *Ouais !*

En entendant le cri enthousiaste d'Alex, Angel et Giles reportèrent tous deux leur attention sur la bande autour de la cheminée.

— C'était un vampire, leur expliqua-t-il. Elle se l'est fait. Cela fait deux points pour nous. Mais qu'est-ce que vous faites là-bas, tous les deux ? Vous ratez le meilleur. Vous savez qu'on ne peut pas rembobiner la bande avec ce truc.

— Ce n'est pas un jeu, dit Angel. Pas pour Buffy.

— Je sais, riposta Alex. C'est pas parce que t'es plus vieux que nous que t'es obligé de faire comme si tu savais tout.

— Arrêtez ! cria Willow, les yeux braqués sur la bassine. Ne vous disputez pas. Ça ne fait qu'empirer les choses. Oh ! la la ! ma tête… j'ai tellement mal.

— Willow, dit Giles d'un ton pressant. (Il alla s'agenouiller à côté d'elle.) Je sais que tu veux suivre ce qui arrive à Buffy, mais es-tu certaine de devoir continuer ? Le sortilège te prend déjà beaucoup d'énergie. Essayer de poursuivre pourrait… détraquer ton esprit.

Sans quitter l'image de la Tueuse des yeux, Willow déclara :

— Si Buffy peut continuer, alors moi aussi.

Pas très approprié comme comparaison, pensa Angel.

— Will, intervint Oz, Buffy est la Tueuse. Toi tu es toi. Ce n'est pas pareil. Tu devrais écouter Giles.

— Plus tard, répondit Willow en serrant les dents. Pas encore. Je vous en prie, Giles.

— Très bien, dit Giles. Mais la prochaine fois, c'est moi qui m'y colle.

— Qu'est-ce que c'est que ça ? demanda soudain Alex.

— On dirait..., dit Oz.

— Non, ce n'est pas possible, l'interrompit Willow.

— Ça n'a aucun sens, ajouta Angel.

— Et depuis quand cela l'arrête-t-elle ? dit Giles en grognant.

Dans l'air au-dessus de l'eau, l'image de Cordélia Chase était en train d'apparaître.

— Je sais ce que vous êtes, dit Suz. Vous êtes une vampire.

Elle essayait de continuer à jouer les dures, mais c'était difficile. Elle avait d'abord été traînée par les cheveux dans le salon. Maintenant la créature qui disait s'appeler Zahalia Walker était en train de l'attacher à un canapé.

— Très bien, dit Zahalia, en tirant brutalement une dernière fois sur la corde. (Suz essaya de ne pas penser à la façon dont la corde lui creusait les jambes et lui coupait la circulation. La mère vampire sourit, révélant sa dentition vraiment abjecte.) Tu as peur ?

D'après toi ?

Suz n'était qu'un être humain, après tout. Ce qui résumait en gros la situation quant à ce qui se profilait à l'horizon pour elle.

— Dites plutôt que je suis dégoûtée. Par vous comme par vos fils.

— Je t'interdis de parler de mes fils comme cela,

répliqua Zahalia Walker d'une voix rageuse. C'étaient de gentils garçons. (Ses yeux jaunes de fouine prirent une lueur sournoise.) Ils étaient de bons fils pour moi. Ils rapportaient toujours leur nourriture à la maison pour satisfaire leur maman. Les deux dernières te ressemblaient énormément. C'étaient peut-être des amies à toi.

Suz sentit qu'elle se mettait à trembler. Colère. Dégoût. Horreur. Elle avait raison. Elle le savait. Leila et Heidi étaient mortes. Mais même dans ses pires cauchemars, Suz n'aurait jamais pu s'imaginer une pareille fin.

Qu'est-ce que cela faisait de sentir son sang aspiré ?

Elle se dit que ce n'était pas le meilleur moment pour laisser libre cours à sa curiosité. Surtout qu'il était plus que probable qu'elle le découvrirait toute seule.

— Cela va me faire très plaisir de vous voir mourir, dit-elle. Si Buffy ne vous tue pas, c'est moi qui m'en chargerai.

La mère vampire rejeta sa tête en arrière et hurla de rire.

— Et comment donc t'y prendras-tu ? Non, non. Ne me dis rien. J'adore les surprises. C'est la seule raison pour laquelle tu es toujours en vie, ma chérie. Tu es ma petite pochette surprise spéciale pour la Tueuse. Bien sûr, la surprise sera que tu *sois* vivante.

Oh, non, pensa Suz. Elle se mit à se contorsionner pour se libérer des cordes qui l'attachaient.

La vampire recommença à rire. Elle tendit la main vers la tête de Suz et la maintint en place.

— Ne t'inquiète pas, cela ne va absolument pas te faire mal, lui promit-elle.

Suz sentit quelque chose d'acéré et de chaud lui percer la gorge.

Et puis l'obscurité l'engloutit.

CHAPITRE XII

— Cordy ?

Buffy fixait des yeux la silhouette qui, sortant de nulle part, apparaissait lentement devant elle dans la lumière changeante de sa torche.

La torche n'était plus très fraîche depuis la récente rencontre de Buffy avec le vampire. Elle avait dû utiliser le bout de la torche pour tuer le vampire quand il avait refusé de lui lâcher le bras.

A vrai dire, il n'y avait pas que la torche qui n'était plus très fraîche. Cordy avait déjà eu meilleure mine. Pour autant que Buffy puisse en juger. Elle était ligotée à une chaise – ou plutôt à un trône – par des cordes autour de la poitrine et des poignets. Elle était coiffée d'une couronne de reine de beauté. Et elle était habillée comme pour se rendre au bal du lycée.

Sa tête pendait en avant, son menton reposant sur sa poitrine. Et sur le tissu pâle de son élégante robe, il y avait des taches de… sang.

Non ! Ce n'est pas comme ça que ça s'est passé ! pensa Buffy.

Cordélia avait été attachée de cette façon lorsqu'elle avait été kidnappée par Marcie Ross, qui était fermement décidée à faire payer à Cordy ce qu'elle avait fait.

Ou, plus exactement, ce qu'elle n'avait pas fait. A savoir, remarquer que Marcie était vivante. Cela faisait tellement longtemps que les élèves du lycée de Sunnydale ignoraient Marcie Ross qu'elle était devenue littéralement invisible.

Mais cela ne s'est pas terminé comme ça, se dit Buffy. Elle avança prudemment. Buffy avait sauvé Cordélia juste avant que Marcie ne mette à exécution sa menace de donner un nouveau visage à Cordélia. A l'aide de la partie tranchante d'un scalpel.

Lentement, Buffy tendit la main et releva le visage de Cordy. Elle avait les yeux fermés, comme pour nier le fait que Marcie avait eu plus de succès cette fois-ci.

De nouveaux sourcils étaient dessinés sur le front de Cordélia. Une série de fines lignes ressemblant à des cils inférieurs avait été creusée sous ses yeux. Les coins de ses lèvres avaient été relevés haut, très haut, jusqu'à ses pommettes.

Elle ressemblait à un clown mutilé.

Cordélia ouvrit subitement les yeux. Buffy tressaillit et, lâchant le visage de Cordélia, recula d'un pas.

— Regarde-moi, lui dit Cordélia, d'une voix rauque mais tout aussi cassante que d'habitude. Tout ça est ta faute. Tu ne l'as pas arrêtée à temps.

— Mais si, protesta Buffy. Si, je l'ai arrêtée. Tu ne te souviens pas ?

Je n'ai pas perdu. J'ai gagné.

— Comment expliques-tu ça, alors ? demanda Cordélia.

C'est à toi de me le dire.

— Qu'est-ce que c'est que *ça* ? demanda brusquement Cordélia.

— Qu'est-ce que c'est que *quoi* ?

— Ce truc derrière toi.

Buffy se retourna. Emergeant de l'obscurité de la cave, quelque chose roulait dans sa direction.

Quelque chose du genre tête coupée. Qui buta contre les jambes de Buffy et s'arrêta, le visage en l'air.

— Alex ? dit Buffy.

Mais que diable se passait-il ?

Ça aussi elle l'avait empêché, non ? Elle avait tiré Alex des griffes de Mlle French, la remplaçante de biologie, alias la Mante religieuse. Cette femme qui était littéralement capable de faire tourner la tête des garçons. Cela avait toutefois probablement un rapport avec le fait qu'elle les décapitait en même temps.

Mais j'ai gagné ce combat aussi, pensa Buffy. *Qu'est-ce que c'est que ça ? Une version trash de* « Buffy Summers, le film de votre vie » ?

— Oui, elle m'a fait perdre la tête. (La bouche de la tête d'Alex s'exprimait clairement en dépit de l'absence de cordes vocales.) Qu'est-ce que tu veux ? Je suis un garçon. Ça nous arrive tout le temps de perdre la tête.

— Oui, mais pas au sens propre.

— Oh, dit Alex. Est-ce que ça signifie que je suis allé trop loin ?

Je commence à mal le sentir. A très *mal le sentir.*

Némésis pouvait-elle la priver de ses victoires, l'une après l'autre ? Et lui laisser ses angoisses et rien d'autre ?

Quelles sont les autres choses que j'ai eu peur de foirer ? se demanda-t-elle.

Quoique, à bien y réfléchir, la question portait surtout sur ce qu'elle n'avait *pas* eu peur de foirer.

— Salut, dit une autre voix.

Celle d'Oz.

Il a fallu que je pose la question, évidemment, se dit Buffy tandis qu'Oz avançait à moitié en marchant, à moitié en rampant vers la lumière.

Cependant, bizarrement, il y avait une sorte de logique dans l'allure d'Oz. Il n'avait pas franchement besoin de

Buffy pour faire foirer les choses. Il accumulait les problèmes tout seul.

— Fais gaffe, dit Oz.

Quelque chose d'humide dégoulina sur la tête de Buffy. Elle sauta prestement sur le côté, en faisant attention à ne pas marcher sur Alex. Puis elle leva la torche, distinguant petit à petit un objet qui faisait lentement irruption.

Quelque chose, ou plutôt quelqu'un, descendait du plafond. Buffy entendit des chaînes cliqueter tandis que le corps dégringolait. Elle porta la main à sa tête, puis regarda ses doigts à la lumière de sa torche – bien qu'elle sache déjà ce qu'elle allait y voir.

Tout comme elle savait qui lui tombait droit dessus.

Dans l'ordre : du sang et Willow.

Ce n'est pas vrai. Ce n'est pas possible, se dit-elle.

Willow avait été enchaînée de la sorte au début de l'année de première. Les disciples du Maître l'avaient capturée pour utiliser son sang afin d'essayer de ramener le Maître à la vie.

Mais cela n'a pas eu lieu, se dit-elle à nouveau. *Ça aussi je l'ai empêché.*

Willow n'aurait pas dû pendre la tête en bas avec la gorge tranchée.

— Je suis désolée, dit Willow. (Sa voix gargouillait bizarrement.) Je crois que je ne t'ai pas beaucoup aidée sur ce coup-là.

— Mais si, Will. On l'a battu, tu ne te souviens pas ?

— Désolée, répéta Willow. Je suis vraiment désolée.

— Arrête ! hurla Buffy.

Si quelqu'un devait être désolé, c'était elle.

Pour commencer, Willow n'aurait jamais dû se trouver dans une situation où elle courait un danger. Ni elle ni aucun des amis de Buffy.

Au lieu de cela, leurs vies avaient été littéralement menacées à de nombreuses reprises.

Et tout ça à cause de moi.

A cause de ce qu'elle était.

Buffy Summers. La Tueuse rebelle.

Celle qui ne voulait pas respecter les règles – ou, en tout cas, pas d'autres règles que les siennes. Celle qui ne ratait pas une occasion de les ignorer, de les enfreindre ou, mieux encore, de les envoyer directement se faire voir dans l'autre monde. Celle qui mettait tous les êtres et toutes les choses qu'elle aimait en danger, simplement pour pouvoir faire les choses comme elle l'entendait.

Combien de fois Buffy parviendrait-elle à sauver ses amis avant que ces visions cauchemardesques ne deviennent réalité ? Avant que, les uns après les autres, ses amis ne succombent à des morts non naturelles et atroces ?

Elle pensait déjà à une personne qu'elle n'avait pas réussi à sauver.

— Je l'aimais, dit la voix de Giles. Je n'ai jamais vraiment eu l'occasion de le lui dire.

O mon Dieu, se dit Buffy. *Je vous en prie, pas ça.*

Giles marchait dans sa direction, portant le cadavre de Jenny Calendar dans ses bras. Buffy se trouvait au centre d'un cercle constitué par ses amis. Ou ce qu'il en restait.

Je suis cernée maintenant.

Cernée par son passé. Par des souvenirs qu'elle portait en elle. Par des sentiments qu'elle n'avait jamais vraiment perdus.

La nouvelle de la mort de Jenny avait été l'une des situations les plus horribles que Buffy ait jamais vécues. Parce qu'elle savait qu'elle était en partie responsable de sa disparition. Si elle n'avait pas aimé Angel, dans tous les sens du terme…

Angel…

— Tu as conscience que tout cela ne peut se finir que d'une seule façon, hein ?

Angel s'avança dans le faisceau de lumière de la torche. Ses yeux noirs sondaient ceux de Buffy. Mais ça, c'était toujours un peu le cas. Communiquer intensément par le regard était caractéristique de ce qu'était Angel.

— Tu es la Tueuse, continua Angel. Je suis un vampire. Point final. C'est aussi simple que ça.

J'aurais pourtant cru que, à ce jour, si quelqu'un devait avoir réalisé que lorsqu'il s'agit d'amour rien n'est simple, c'était bien toi, lui avait dit Némésis.

— Non, dit Buffy. Ce n'est pas comme ça. Je ne vais pas laisser les choses se passer comme ça.

Angel lui adressa un sourire amer.

— Je ne crois pas que tu aies le choix. Tout cela ne peut se finir que d'une seule façon, et tu le sais. Tu m'as déjà percé le cœur. Tu peux le refaire. Sauf que cette fois… (il se transforma en vampire) … je te suggère de bien l'enfoncer.

Il se précipita alors sur elle en poussant un cri rageur.

Buffy plongea, attrapa la tête d'Alex en vitesse et la lança à Oz.

— Tiens ! Attrape ! s'écria-t-elle.

— Hé, protesta Alex. Un peu de délicatesse. Je n'ai que moi au monde.

Buffy se déplaça pour faire face à Angel. Ils commencèrent tous deux à se tourner autour.

— Que se passe-t-il ? la provoqua Angel. Tu es la grande, la méchante Tueuse, non ? Pourquoi ne me charges-tu pas ? Pourquoi ne m'achèves-tu pas ?

— Arrête ton cirque, Angel, dit Buffy. Je n'ai pas peur de toi. Et tu ne peux pas me faire faire quelque chose que je ne veux pas faire.

— On parie ?

Brusquement, Angel se jeta sur elle. Buffy s'écarta.

Le bras qui ne tenait pas la torche fusa. Le poing de Buffy atterrit en plein dans la mâchoire d'Angel, qui recula en titubant.

— Je dois reconnaître une chose, dit-il. Tu sais incontestablement cogner.

— Et pas qu'un peu. Allez, laisse tomber, tu veux.

— Pas question. Il est temps que tu regardes certaines choses en face.

— Comme quoi, par exemple ?

— Ce dont tu *as* peur.

L'estomac de Buffy se noua et elle se sentit assaillie par une sensation de froid et d'écœurement.

— Tu as peur de perdre, pas vrai ? la provoqua Angel. Tu sais bien que tu as peur. Parce que tu sais bien que tu vas perdre. Un jour ou l'autre, tu vas te retrouver face à quelque chose que même toi ne pourras pas battre. Quelque chose de plus fort que toi. Et là, tu finiras comme toutes les autres Tueuses de l'histoire. Morte.

— Ce sera pas la première fois. Je suis déjà morte une fois.

— Il paraît que c'est plus facile la deuxième fois, répondit Angel.

Buffy sentit son estomac se contracter douloureusement.

— Arrête, cria-t-elle. Tu vas arrêter, oui.

— Fais-moi…

Buffy jeta la torche à terre et s'élança vers Angel. Elle lui flanqua un coup de pied qui atteignit le vampire sous le menton. Il recula en vacillant, puis retrouva son équilibre.

— C'est pas comme ça que tu vas y arriver, lui dit-il.

— T'inquiète, répondit Buffy. Je peux te garantir que les coups vont pleuvoir.

Elle fit une série de larges moulinets, et son poing atterrit sur le torse d'Angel. Elle poursuivit avec un crochet du droit. Angel para le coup en l'arrêtant. Elle leva promptement son bras gauche. Qu'il immobilisa aussi.

— Echec et mat, dit-il.

Buffy lui donna un coup de boule qui lui fit voir des étoiles et qui mit Angel à genoux.

— Je ne crois pas, non.

Elle lui balança un coup de pied dans la figure avec la pointe de sa botte, et Angel s'étala sur le dos. Ecumant de rage, elle sauta en l'air et retomba violemment à califourchon sur Angel, clouant les bras de celui-ci au sol avec ses genoux.

Elle fouilla dans la poche de son blouson et, d'un geste brusque, en sortit un pieu.

— Tu disais ?

— Tu n'es pas capable de le faire, pas vrai ? dit Angel. Tu as trop peur.

Buffy sentit un feu d'artifice exploser dans sa tête.

Elle était la Tueuse. C'étaient les autres qui avaient peur. Elle ne pouvait pas se permettre d'avoir peur de quoi que ce soit.

— Dégonflée, entendit-elle Angel dire. Tu vas perdre et tu le sais. N'est-ce pas que tu le sais ?

Buffy leva le pieu au-dessus de sa tête en hurlant.

CHAPITRE XIII

Willow poussa un cri strident, en secouant la tête de gauche à droite. Elle avait l'impression de recevoir des coups de poignard dans les yeux, tant elle avait mal.

Je ne veux pas voir cela, pensa-t-elle. Elle ne voulait pas voir Buffy anéantir Angel avec un pieu. Même si elle savait que le vrai Angel était juste à côté d'elle.

— Bien, intervint Giles. J'en ai vu assez.

Willow sentit qu'on lui retirait la bassine des genoux. Quelques instants plus tard, elle perçut le sifflement caractéristique de l'eau qu'on verse sur du feu. La fumée envahit la pièce, lui piquant les yeux. Et la faisant suffoquer.

La douleur dans ses yeux se transforma en une lumière blanche et chaude qui disparut abruptement. Willow poussa un cri et s'effondra sur le côté. Les bras d'Oz autour d'elle empêchèrent sa tête de heurter le sol de pierre.

Mais malgré la douleur, elle savait ce que Giles avait fait.

Le feu consume l'eau.

La séance de voyance était finie.

— Je vais ouvrir la fenêtre, dit Angel.

Quelques instants plus tard, Willow sentit de l'air frais pénétrer dans la pièce et dissiper la fumée. Elle entendit Giles s'adresser à elle :

— Willow, tu m'entends ? Comment ça va ?

— Je pense que ça va, dit-elle.

Elle s'assit lentement. Cela cognait toujours dans sa tête, mais la douleur était beaucoup moins forte à présent.

— J'ai combien de doigts ? demanda Alex, en remuant la main devant le visage de Willow.

— Tu veux bien arrêter ? lui ordonna Giles sèchement.

— Je voulais juste aider, marmonna Alex.

— Tu es certaine que ça va ? demanda Giles en regardant fixement Willow. Comment va ta tête ?

Willow lui adressa un sourire hésitant.

— Disons qu'un aspro extra-fort ne serait pas de refus.

Giles se laissa aller en arrière.

— Cela n'a rien d'étonnant. Ce sortilège était beaucoup trop dangereux pour toi, Willow. Je ne te conseille *pas* de le refaire.

— Vous ne lui aviez pas conseillé de le faire ce soir, dit Angel en revenant dans la pièce.

— Hé, protesta Willow. Je croyais que tu étais dans *mon* camp.

— Je crois que, là, on est tous dans le même camp.

— Ouais, d'accord, dit Willow. Mais qu'est-ce qu'on va faire maintenant ? Nous voilà revenus à la case départ. On ne sait pas ce qui se passe. On est dans l'ignorance totale.

— Et il se pourrait que nous n'en sachions pas davantage, dit Giles. Les conditions de l'épreuve de Buffy stipulaient expressément qu'elle s'y rende seule.

— Attendez un peu, l'interrompit Angel.

— Non mais, pour… Mais bien sûr ! s'exclama Giles. Pourquoi n'y ai-je pas songé ?

— Mais nous ne savons pas où c'est, rétorqua Willow.

— Pourquoi est-ce que je ne pige rien à ce que vous racontez ? demanda Alex.

— Je sais, dit Angel.

— *Quoi ?* demanda Giles en sortant de ses gonds.

— Je sais où se passe l'épreuve.

— Eh bien, pourquoi ne l'avez-vous pas dit avant ?

— Je n'y ai pas pensé avant. De plus, vous ne me l'avez pas demandé.

— *Où se déroule l'épreuve de Buffy ?*

— Au 2000 Elysian Fields Lane.

— Très bien, dit Giles en se levant. Bon, allez, on se réveille et on se met en route.

— Quelqu'un pourrait me dire ce qui se passe ? demanda Alex quasiment en gémissant.

— Némésis a dit que Buffy devait se rendre seule à l'épreuve, mais elle n'a pas dit qu'elle devait *rester* seule, lui dit Willow.

— C'est bien ce que je crois ou je me fais des idées ?

Willow hocha la tête.

— Le Scooby Gang à la rescousse.

— Génial.

Le pieu fendit l'air en sifflant tandis que Buffy l'abattait vers la poitrine à nu d'Angel. Elle se retint au tout dernier moment.

— O.K. Tu peux annuler l'abonnement à *Psychologies*. J'ai compris, cria-t-elle.

On peut dire qu'il m'a fallu du temps.

Elle se releva, libérant Angel et envoyant valser le pieu d'un geste violent. Puis, sans se retourner, elle se dirigea vers sa torche vacillante.

Elle se disait qu'il ne devait plus lui rester beaucoup de temps. Et elle n'avait toujours pas trouvé sa mère – sans parler d'un moyen de la sortir de là.

Peut-être Angel avait-il raison. Peut-être allait-elle perdre.

N'envisage pas les choses comme ça, se dit-elle. Cela revient à servir les intérêts de Némésis. Et à rentrer dans son jeu.

« Dites-moi, qu'est-ce qu'il y a en bas ? Des monstres ?

— Tu as trouvé du premier coup », avait répondu la Compensatrice.

Mais Buffy commençait enfin à comprendre que c'était le reste de la réponse de Némésis qui était le plus important.

« Bien que le genre de monstres que tu vas trouver dépende entièrement de toi. »

Sur le coup, Buffy s'était dit que Némésis jouait à la créature surnaturelle énigmatique. Elle savait maintenant que ce n'était pas le cas.

Ce que Némésis avait dit n'avait rien d'énigmatique. Elle avait dit la vérité.

Et si ça, ce n'était pas sournois et perfide, Buffy ne savait pas ce que c'était.

Non seulement Buffy devait subir une épreuve débile, mais il fallait, en plus, qu'elle vienne avec ses propres monstres, ses propres démons.

C'est ce que j'ai fait, réalisa-t-elle soudain. Elle avait combattu ses propres peurs. Celles qu'elle refoulait pendant la journée. Et qui refaisaient surface et hantaient ses rêves la nuit. Celles dans lesquelles elle voyait ses amis mutilés, tués ou pire encore.

Et dans lesquelles elle était inévitablement coupable, c'était toujours sa faute.

— Tu as conscience que tout cela ne peut se finir que d'une seule façon, hein ? demanda à nouveau la voix d'Angel.

— Oui, je sais.

Alors, comme si ses mots avaient été une sorte de formule magique, ses amis disparurent. Elle s'y était plus ou moins attendue, en fait.

Qu'est-ce qu'il y a en bas ? Des monstres, pensa-t-elle.

Absolument. Et le plus gros monstre de tous était…

— Salut, je suis Buffy. Comment tu t'appelles ? dit une voix juste devant elle.

… celle qui s'appelait Buffy Summers.

Suz Tompkins émergea lentement. Elle se dit que c'était toujours mieux que de se réveiller morte.

Elle avait l'impression que quelqu'un lui avait enfoncé un pic à glace dans la gorge avant d'en frotter l'intérieur avec du papier de verre. En baissant la tête, elle vit que le devant de sa veste était taché de sang. Elle ne sentait ni ses bras ni ses jambes.

Elle se demanda si c'était dû aux cordes qui la ligotaient ou au sang qu'elle avait perdu. Même si, que ce soit pour l'une ou l'autre de ces raisons, cela ne changeait rien.

Ce qui comptait, c'était qu'on lui avait entaillé la gorge comme un agneau à l'abattoir. Et qu'elle servait d'appât.

Et que, dans l'unique but de l'impressionner, la mère Walker l'avait mordue. Juste un peu.

Suz sentait quelque chose monter dans sa poitrine, comme une sensation chaude et aiguë. De la rage, purement et simplement.

Personne ne me traite comme ça.

Elle s'en sortirait d'une façon ou d'une autre. Elle se tirerait de là d'une façon ou d'une autre. Et quand ce serait fait, la créature qui lui avait infligé cela aurait intérêt à faire très attention.

Qui se frotte à Suz Tompkins s'y pique.

Même une créature qui était déjà morte.

Buffy Summers écarquillait les yeux.

A la lueur de sa torche, elle voyait tout bonnement sa propre image, comme si elle était tout droit sortie des pages de l'album que sa mère était en train de faire. Une petite fille d'environ huit ans, vêtue d'un costume de Super-Girl.

La petite Buffy levait le visage vers elle et, les yeux brillants, elle dévisageait son double plus âgé.

Est-ce qu'elle sait que c'est moi – que c'est nous ? se demanda Buffy. Son jeune alter ego savait-il que, en grandissant et contre toute attente, elle deviendrait une personne s'approchant d'un super-héros ?

Buffy s'apprêtait à répondre à cette question quand une autre voix vint faire écho à la première.

— Salut, je suis Buffy. Comment tu t'appelles ?

Oh, mon Dieu, pensa-t-elle, *je suis partout.*

Sortant de l'obscurité, apparut une première Buffy, puis une autre encore, jusqu'à ce que Buffy soit cernée. Deux Buffy. Quatre Buffy. Six. Huit. Dix. Douze. Jusqu'à ce qu'elle ne puisse plus compter les clones d'elle-même.

Elle se souvenait de chacune d'elles.

L'une était vêtue du déguisement qu'elle avait porté pour la fête de passage en sixième. Juste à côté d'elle, il y avait une Buffy un peu plus jeune en tenue de patinage. Cette petite fille blonde portait ce qui, dans son souvenir, était son costume de patinage préféré. Une chemise blanche avec un col à la Peter Pan et une jupe en flanelle rouge qui ondulait autour d'elle quand elle faisait des tours.

Et puis, elle en pom-pom girl, juste avant qu'elle apprenne qu'elle avait été désignée comme Tueuse. Elle en petite fille vêtue d'un pyjama grenouillère, avec un sourire édenté et montrant fièrement au creux de sa main la toute première dent qu'elle avait perdue. Elle voyait des Buffy à perte de vue autour d'elle.

Elles sont moi, se dit-elle. *Je suis elles.*

Qu'y avait-il de si terrible à cela ?

— Salut, je suis Buffy. Comment tu t'appelles ? demanda à nouveau la Buffy en Super-Girl.

Alors la pièce manquante du puzzle vint compléter le tableau dans l'esprit de la Tueuse.

C'était Willow qui lui avait fourni la clé.

Némésis : Un instrument ou un acte de vengeance.

D'accord, pensa Buffy. *J'ai compris.* Elle était ici à l'épreuve, non ? La vengeance de Maman Vampire.

Une personne ou une chose qui vainc ou détruit.

Ses propres peurs, par exemple. Comme celle de ne pas pouvoir sauver ses amis de la mort.

Un adversaire qu'on ne peut pas battre.

Ça alors, qui ça peut bien être ? se demandait-elle.

Buffy avait eu à combattre beaucoup de choses au cours de sa carrière de Tueuse, y compris deux ou trois choses qui avaient été à deux doigts de lui faire la peau. Deux doigts de trop à son goût.

Mais, et cela ne faisait pas l'ombre d'un doute, il n'y avait qu'une seule adversaire susceptible de l'égaler, en acte et en pensée. Il n'y avait qu'une seule adversaire que, quoi qu'elle fasse, Buffy ne parviendrait jamais à battre.

Je savais bien que j'allais devoir mettre une pâtée à quelqu'un en venant ici, se dit-elle. Seulement, elle ne s'était pas doutée que ce « quelqu'un » serait plusieurs – et nombreux – ni que ce « quelqu'un » serait elle-même.

— Salut, je suis Buffy Summers, dit Buffy. Je suis la Tueuse. Et pas vous. Vous me bloquez le passage. Je crois que vous feriez mieux de dégager. Tout de suite.

La Buffy la plus proche d'elle – déguisée en chat pour Halloween – se mit à rire et se rapprocha un peu plus.

— Très bien, comme vous voudrez, dit Buffy.

Elle n'avait jamais su s'arrêter.

La Tueuse tendit le bras et poussa brusquement son jeune double. Celle-ci poussa un cri et recula en titubant, bousculant la Buffy qui se trouvait derrière elle et déclenchant ainsi une réaction en chaîne. Les Buffy se mirent à se renverser comme des dominos. Elles se fracassaient en tombant sur le dur sol de béton de la cave et se transformaient en de minuscules tessons.

Prises de panique, les Buffy toujours sur pied se jetèrent sur Buffy, la mordant, la griffant et essayant de l'entraîner à terre.

Buffy ne savait plus avec combien de ses doubles elle se battait. On lui arracha sa torche des mains. Tandis que les Buffy continuaient d'affluer, la couche de tessons aux pieds de la Tueuse s'épaississait à mesure qu'elle les terrassait et les faisait voler en éclats. Ces images de la fille qu'elle avait été mais qu'elle ne serait plus jamais.

Et il n'en resta plus aucune. Sauf une.

Buffy se retrouva face à la première image qui lui était apparue. Celle en costume de Super-Girl. Séparées par la mer de verre brisé, les deux filles se dévisageaient. Alors, la petite Buffy leva le menton, une attitude dans laquelle Buffy reconnut un défi direct. Un petit sourire fugace passa sur les lèvres de la jeune Buffy. Sans un mot, elle se retourna et s'enfuit.

La Tueuse lui emboîta le pas, s'arrêtant seulement pour ramasser sa torche presque éteinte.

CHAPITRE XIV

J'espère vraiment qu'elle sait où elle va.

La Tueuse courait après son jeune double dans la cave obscure. Sa torche s'éteignit et Buffy finit par avoir le souffle court, mais c'est à peine si elle y prêta attention.

Parce que, à présent, elle voyait quelque chose devant elle au loin, quelque chose qui luisait dans l'obscurité. Il ne s'agissait pas d'une douce lueur réconfortante, comme les lumières derrière les vitres de chez soi par une froide nuit d'hiver, mais plutôt d'une lumière aveuglante, d'un vert nauséeux dont Buffy savait par expérience qu'il signalait toujours une seule et même chose.

Elle avait atteint sa destination finale. Le repaire du dernier monstre.

Qu'est-ce que ça va être, cette fois ? se demanda-t-elle. Des démons ? D'autres vampires ? Des copains des Enfers de Némésis, juste venus faire coucou ?

Buffy vit son jeune double ralentir le pas avant de s'arrêter. Elle se retourna et fixa sur Buffy des yeux impatients. Comme si elle l'attendait, souhaitant qu'elles fassent ensemble les tout derniers pas du chemin, se dit Buffy.

Ou alors, elle avait juste peur de continuer seule. Ce qui était compréhensible. Et fort probable. Buffy elle-même n'était pas si emballée que cela à la perspective de ce qu'elle allait découvrir. Même si cela n'allait pas l'empêcher de faire tout ce qui était en son pouvoir pour sauver sa mère.

Elle jeta sa torche désormais inutile. De toute façon, elle n'en avait plus besoin. La lumière était forte à présent, bien qu'elle ne parvienne toujours pas à voir d'où elle provenait. Le passage dans lequel elles étaient engagées tournait un peu plus loin. Ce qui était à l'origine de cet éclairage verdâtre était juste à l'angle.

Némésis prenait manifestement plaisir à ménager un petit peu de suspense.

Eh bien, puisqu'il ne faut pas remettre à demain ce que l'on peut faire aujourd'hui, pensa Buffy. Elle s'approcha de la petite fille en costume de Super-Girl et lui prit la main. La main de son jeune double était chaude, mais elle empoigna résolument celle de son aînée.

Les deux Buffy tournèrent à l'angle et s'arrêtèrent net.

Non, mais j'hallucine, pensa Buffy.

Elle se dit qu'elle aurait dû s'en douter. Ce n'était pas sa plus grande peur, et de loin. Mais c'était une peur qui remontait à son enfance, où elle occupait le premier rang ex æquo avec la peur du noir.

Ce n'était pas la peur de la mort. Ni celle des démons. Ni des vampires. Ces peurs étaient apparues bien plus tard. Ce qui avait hanté les cauchemars de son enfance, c'étaient les... *araignées*.

Ou plus exactement, dans le cas présent, *une* araignée. C'était tout bonnement la plus grosse que Buffy ait jamais vue ; et Dieu sait si ses cauchemars d'enfant avaient été peuplés d'araignées gigantesques.

Elle semblait faire au moins la moitié de la taille de la Tueuse, et elle était beaucoup plus large. Son corps articulé était de cette couleur blanchâtre qui évoquait systématiquement à Buffy du fromage blanc en faisselle. Son abdomen bombé était couvert de vilaines taches rouges.

On aurait dit un énorme œil injecté de sang. Soit ça, soit un cas très grave de varicelle.

Un cas de varicelle luisant dans le noir.

C'était un détail dont Buffy pensa qu'il serait sans doute à son avantage. Il est relativement difficile de se déplacer en douce et d'attaquer par surprise quand on brille dans l'obscurité.

En bas à droite de la toile de l'araignée, se trouvait ce qui ressemblait à un gros losange blanc. *Sa poche d'œufs*, réalisa Buffy. Pourquoi fallait-il toujours qu'elle se retrouve à se battre contre des créatures qui étaient sur le point de devenir mères ? La Bezoar, Nathalie French, et maintenant cette araignée. Peut-être avait-elle besoin d'une petite thérapie familiale spéciale Tueuse.

— Tu ne t'appellerais pas Charlotte, par hasard ?

Au son de la voix de Buffy, l'araignée s'avança précipitamment. Elle leva ses pattes avant comme si elle relevait un défi. A présent, Buffy voyait ce qu'il y avait derrière l'araignée, tout en haut de sa toile, dissimulé par son gros corps barbouillé de taches.

Joyce.

— Maman ! s'exclama Buffy.

Elle entendit son jeune double pousser un petit cri de détresse à côté d'elle. Joyce tourna la tête dans leur direction. Ses cheveux étaient pris dans la toile de l'araignée et ce mouvement la fit grimacer.

— Buffy, dit Joyce. (Elle parlait d'une voix très faible et à peine audible. Buffy se sentit soudain saisie d'une angoisse qui la glaça. A quelques minutes près, elle serait peut-être arrivée trop tard.) Ma chérie, si c'est toi… ne t'approche pas.

C'est ça, Maman. Buffy n'avait pas fait tout cela pour faire la causette les bras croisés. Elle lâcha la main de son double et s'avança de quelques pas.

L'araignée se déplaça immédiatement et recula en se

dandinant pour se rapprocher de Joyce. Buffy n'avait pas la moindre chance d'atteindre sa mère avant l'araignée.

Buffy s'arrêta. L'araignée s'arrêta.

Echec et mat. Impasse.

La Tueuse réfléchit aux possibilités qui s'offraient à elle.

Une petite diversion serait la bienvenue, genre tout de suite. Dommage que ses chances d'en créer une soient à peu près nulles. Elle ne pouvait pas détourner l'attention de l'araignée et sauver sa mère en même temps.

Personne, pas même la Tueuse, ne peut être à deux endroits à la fois.

Elle sentit qu'on lui tirait sur la manche. La petite Buffy s'était rapprochée et se trouvait à nouveau à ses côtés. Elle levait les yeux vers la Tueuse et la regardait comme si elle était, elle aussi, en train d'examiner la situation. Puis, elle se dirigea vers la toile. Droit sur le coin dans lequel se trouvait la poche d'œufs.

La peau de Buffy fut parcourue d'un frisson. Se retrouver à observer son jeune double de la sorte avait un goût de déjà-vu, mais dans des circonstances dans lesquelles Buffy savait ne s'être jamais trouvée. Elle n'avait pas besoin de réfléchir à ce que la petite fille déguisée en Super-Girl, marchant d'un pas assuré vers la toile d'araignée, s'apprêtait à faire. Elle le savait déjà.

Elle allait procurer à la Tueuse la diversion dont elle avait besoin.

Subitement, Buffy sentit déferler en elle une vague de joie vertigineuse et déchaînée. C'est tout juste si elle n'eut pas l'impression qu'une ampoule s'allumait au-dessus de sa tête. Ou de voir s'aligner les trois images du jackpot sur une machine à sous. Ou encore d'entendre la musique de la bande originale du film monter tandis que le thème principal commençait.

Il était temps, se dit-elle. Qu'elle comprenne.

Qu'elle comprenne ce qui avait motivé sa mère à constituer un album. Qu'elle comprenne ce que ce jeune double d'elle-même essayait de lui montrer.

Elle était cette petite fille ; elle était toutes ces autres Buffy. Le fait qu'en grandissant, elle soit devenue ce qu'aucune d'entre elles n'aurait pu prévoir ne signifiait pas qu'elle les avait trahies, ni qu'elle devait toutes les oublier. Elle n'avait pas grandi pour n'être rien de plus qu'un monstre, ou qu'une déception.

Elle n'était pas sa propre Némésis. Elle n'avait pas à se battre contre elle-même. A être l'adversaire qu'elle ne pourrait jamais espérer vaincre. En revanche, elle pourrait être l'un des maillons d'une chaîne infinie de Buffy faisant, toutes sans exception, partie de ce qui l'avait menée à cet instant présent.

Si elle gagnait maintenant, elles réussiraient toutes l'épreuve.

Et tout ce qu'elle avait à faire était simplement d'accepter tout ce qu'elle était devenue. Et tout ce qu'elle avait été. Elle n'était pas tenue de vaincre ses autres « moi » pour sauver sa mère. Elle devait s'unir à eux.

Buffy observa son jeune double. La petite fille regardait fixement la poche d'œufs. Buffy fouilla dans la poche de son blouson et s'empara du pieu qui lui restait. Elle le sortit et le lança à la petite fille qui l'attrapa sans peine.

Son jeune double la dévisagea un moment. Puis, elle porta son attention sur le bout pointu et irrégulier du pieu. Elle pencha la tête de côté.

— Vas-y, lui dit la Tueuse.

La petite Buffy lui adressa un sourire éclatant. Elle empoigna le pieu par son extrémité la plus grosse, puis elle planta le bout pointu en plein milieu de la poche d'œufs.

La réaction de la mère araignée fut immédiate. Elle

traversa la toile à toute vitesse, se précipitant vers elles en sifflant. A mi-chemin entre Joyce et les deux Buffy, l'araignée géante s'immobilisa. Troublée, elle battait l'air de ses pattes avant. Buffy aurait juré pouvoir lire dans ses pensées.

Toujours en partant du principe que les araignées avaient des pensées, bien sûr.

Qu'est-ce qui était le plus important ? Protéger sa prisonnière ou ses enfants ? L'araignée se rapprocha petit à petit.

De ses enfants.

Buffy sourit à son jeune double.

— Beau début, fit-elle remarquer.

Les yeux brillants, la petite Buffy leva à nouveau la tête vers la Tueuse et lui tendit le pieu.

— D'accord, je prends le relais à partir de maintenant, dit Buffy.

Elle tendit la main et s'empara du pieu. Ses doigts touchèrent ceux de la petite fille pour la dernière fois. Puis le contact s'évanouit. Son double disparut. Buffy se retrouva seule à côté de la poche d'œufs, le pieu à la main.

Maintenant que je me suis retrouvée, pensa-t-elle.

Il était temps de s'y mettre.

— Eloigne-toi de ma mère.

Buffy leva le bras au-dessus de la poche d'œufs et abattit le pieu qu'elle tenait serré dans son poing. La mère araignée abandonna Joyce et se rua pour sauver ses petits, tandis qu'une masse gélatineuse jaillissait du sac et commençait à se répandre sur le sol. Ignorant les divers petits pâtés qui s'étalaient à ses pieds, Buffy fit un léger détour, prit le pieu entre ses dents comme un pirate avec son poignard et commença à escalader la toile pour arriver jusqu'à sa mère.

Les fils de la toile lui collaient aux mains et aux pieds,

rendant sa progression abominablement lente. *Dépêche-toi*, pensa-t-elle. *Dépêche-toi.*

Elle s'attendait à sentir l'araignée derrière elle d'un moment à l'autre. En fait, Buffy détestait être dos à l'ennemi, mais en l'occurrence, c'était le seul moyen qu'elle avait de parvenir jusqu'à Joyce. Elle n'avait désormais plus qu'une partie de l'épreuve à passer.

Buffy avait percé le secret de l'expérience. Elle était sur le point de récupérer sa mère. Et ensuite, il ne leur resterait plus qu'à sortir de là. Vivantes.

Elle parvint jusqu'à sa mère et se mit à tailler les fils qui la ligotaient.

— Tout va bien, Maman. Je suis là. Tu peux marcher ?

Joyce avala sa salive. Elle ouvrit la bouche pour parler, mais aucun son n'en sortit.

— Maman, il faut vraiment que tu me répondes, dit Buffy. Tu crois que tu pourras marcher une fois qu'on sera descendues de la toile ?

Joyce hocha faiblement la tête. Et réussit à parler après une autre tentative infructueuse.

— Je crois, dit-elle. Mais je… ne me sens pas très bien. Gavée de venin, probablement.

N'y pense pas, se dit Buffy avec véhémence en détachant les bras de Joyce.

Du venin. Sa mère. Comment l'un était entré dans l'autre… Ce n'était pas un sujet sur lequel Buffy tenait à s'étendre.

— Tu devrais peut-être y aller la première, dit Joyce tandis que Buffy sciait les liens autour de ses jambes. Et je te rattraperai.

— C'est ça, Maman. Bien sûr ! dit Buffy à sa mère.

A ce moment-là, les genoux de Joyce se dérobèrent sous elle et elle bascula en avant. Buffy descendit tant bien que mal la toile, les fils collants lui arrachant la peau des mains, et empoigna sa mère une demi-seconde avant qu'elle ne s'écrase sur le sol en ciment. Elle la tira vers le haut puis l'aida à se débarrasser des filaments de toile collés sur son corps.

— Peut-être qu'en bougeant ça ira, suggéra-t-elle à Joyce. Tu vois, en faisant circuler le sang.

— Peut-être, murmura Joyce. Seulement... Buffy...

— Quoi ? dit la Tueuse en s'efforçant de ne pas prendre un ton brusque. (Sa mère ne comprenait-elle donc pas qu'il s'agissait là d'une opération de sauvetage ?) Maman, ce n'est pas franchement le meilleur moment pour se faire des confidences, tu sais.

— Je sais, répondit Joyce. C'est juste que... quel que soit ton plan, nous ferions sans doute mieux de ne pas perdre de temps, ma chérie.

Buffy se retourna, en s'assurant instinctivement que le corps de sa mère était bloqué par le sien.

L'araignée était juste derrière elle.

Buffy voyait la série d'yeux rouges et globuleux sur la tête de l'animal. Elle avait l'impression que l'haleine putride de l'araignée parvenait jusqu'à elle. L'insecte géant fit un pas étudié.

— Oh, oh, dit Buffy en brandissant le pieu. Je crois que ça ne va pas être possible.

Elle plongea en avant et, faisant un large mouvement du bras en diagonale, elle taillada la tête de l'araignée. Plusieurs yeux rouges se fermèrent. L'araignée tomba en arrière, ses pattes velues pédalant en l'air.

— Allez, dit Buffy en agrippant Joyce par le bras. On y va.

Elle avança de deux pas, en faisant en sorte que sa mère passe devant elle. C'est alors que l'araignée se rua sur Buffy, lui lacérant le dos et les bras.

— Maman, vas-y ! ordonna Buffy qui se retourna en donnant des coups de pieu.

Elle reçut un coup de patte, et une substance verte et

gluante suinta à l'endroit où la patte de l'araignée l'avait touchée. Buffy recula d'un bond. Etre couverte de bave d'araignée était bien la dernière chose dont elle avait envie. *Imagine un peu la cata.*

En reculant, Buffy percuta violemment sa mère et trébucha.

— Qu'est-ce que tu fais encore là ? demanda-t-elle en retrouvant son équilibre.

L'araignée se dirigeait précipitamment sur elle, la menaçant de sa chère patte avant droite. Buffy s'accroupit, faisant passer son pieu d'une main dans l'autre.

— Je n'arrive pas à te laisser, répondit Joyce derrière elle.

— Maman, il faut que tu me fasses confiance sur ce coup-là. Ce n'est pas le moment de jouer les parents héroïques. Si on veut se tirer d'ici, il faut que tu y ailles la première. On n'a pas le choix.

Buffy vit l'araignée plier les pattes. *Oh, oh.* Elle avait l'impression *très* désagréable de savoir ce qui allait se passer.

— Mais…

— Vas-y, c'est tout ! dit Buffy.

Elle entendit sa mère faire quelques pas chancelants dans son dos.

L'araignée sauta et atterrit exactement à l'endroit où Joyce se tenait quelques secondes plus tôt. Elle se trouvait maintenant entre Buffy et sa mère. Divisons pour mieux régner, cette bonne vieille tactique. De l'autre côté du monstre, Buffy entendit Joyce crier.

La Tueuse recula de quelques pas, s'élança en courant et fit un énorme bond. Une fois en l'air, elle pivota et tendit le bras vers la droite, visant le dessous de la jointure de la grosse patte noire de l'araignée la plus proche d'elle. Tandis qu'elle enfonçait profondément le pieu, de la substance verte et gluante jaillit autour d'elle.

Elle atterrit dans une flaque de liquide visqueux et ses pieds glissèrent sous elle. Elle retomba violemment sur le dos, le souffle brutalement coupé.

Comment se fait-il que je ne tombe jamais sur quelque chose de mou ? se demanda-t-elle. Elle avait des points blancs devant les yeux et sa vue se troubla.

Pourquoi fallait-il toujours qu'elle atterrisse sur des surfaces dures ? Du ciment. Le trottoir. Les sols de pierre des cryptes. Ce genre de choses.

Serait-ce enfreindre une règle élémentaire du Manuel de Tueuse si, pour une fois, je tombais sur une surface sur laquelle je risquerais moins de me casser quelque chose ? Sur quelque chose qui, de par sa seule nature, ne donnerait pas un avantage à son adversaire ?

Ça fait une chose de plus à demander à Giles, pensa-t-elle. A supposer qu'elle sorte jamais de là et puisse donc lui demander quoi que ce soit. Elle secoua la tête, essayant de retrouver une vision nette.

Mais la masse indistincte en mouvement devant elle ne disparut pas. Elle se trouvait désormais sous l'araignée. *Il faudrait vraiment que j'essaye de me lever.* Parce que si elle ne se levait pas, elle avait le pressentiment que l'araignée lui préparait quelque chose de tout simplement immonde.

Genre l'écraser sous elle comme un moucheron.

L'insecte reculait en tortillant son abdomen comme s'il manœuvrait pour se mettre en position. Il était trop tard pour s'en sortir en roulant sur elle-même. Buffy n'aurait pas le temps de relever les genoux et de se dégager, avant que le ventre de l'araignée ne commence à descendre.

Il est hors de question que je moisisse là-dessous.

Buffy se mit à genoux puis tendit le bras qui tenait le pieu. Elle entendit l'araignée pousser un autre cri perçant lorsque la pointe du pieu entra en contact avec son ventre. Mais, malgré son aspect souple, la peau à cet endroit était dure et épaisse.

Pourtant, l'abdomen continuait de descendre.

Il s'affaissa de part et d'autre de Buffy jusqu'à ce que la Tueuse se mette à redouter d'être étouffée.

Qui aurait cru qu'on pouvait jouer au premier qui se dégonfle avec des arachnides ?

Si Buffy retirait son pieu, elle était assurée d'être écrabouillée. Si l'araignée ne relevait pas son ventre, elle courait le risque d'être embrochée.

Laquelle des deux avait le plus de volonté ? La Tueuse ou l'araignée ?

Mais les araignées étaient-elles seulement douées de volonté ?

O.K., décida Buffy. *Ça suffit comme ça.* Si elle en était à se poser des questions d'ordre métaphysique au beau milieu d'un combat, il était incontestablement temps de s'y mettre. Elle n'allait pas passer la nuit là. Elle avait une mère qui avait besoin d'elle.

Elle posa sa main libre par terre et s'agenouilla en s'appuyant dessus. La pression exercée par l'araignée devenait plus forte et le bras qui tenait le pieu se mit à trembler. Buffy bloqua son coude.

Je suis toute seule à compter cette fois, Angel, pensa-t-elle.

Un. Deux. Comme d'habitude, elle n'attendit pas vraiment le trois.

La Tueuse poussa brusquement vers le haut. Au-dessus d'elle, elle sentit la pointe du pieu finir par pénétrer dans l'abdomen de l'araignée. La peau céda et, poussant un hurlement à réveiller les morts, l'araignée se souleva. Pas beaucoup, mais ce fut suffisant.

Buffy lâcha prise sur le pieu puis sauta en torsion, roula et tapa du pied droit dans le pieu, faisant ainsi pénétrer la partie qui dépassait, et sentant comme il s'enfonçait en souplesse jusqu'au bout. L'araignée poussa un cri de douleur et, prise de secousses, elle se cabra. Un énorme flot de substance visqueuse s'écoula sur Buffy.

Faut toujours qu'il y ait des trucs gluants.

Cette fois-ci, elle n'essaya même pas de rester en équilibre. Elle atterrit sur le ventre, et elle se propulsa à l'aide de ses bras, émergeant de dessous l'araignée à la façon d'un hydroglisseur.

L'araignée blessée devenait enragée et s'agitait furieusement, avançant et reculant précipitamment. Elle se livrait à une espèce de danse du ventre dans le but d'essayer de faire tomber le pieu. Buffy entendit un bruit ignoble lorsque la bête heurta un mur. Une pluie de morceaux de plâtre dégringola du plafond sur la tête de la Tueuse. Les murs de la cave autour d'elle se mirent à trembler.

Nous devons impérativement sortir d'ici maintenant, pensa-t-elle. *Avant que l'araignée ne nous fasse tomber toute la maison sur la tête.*

— Maman, cria Buffy.

Pas un bruit. Du moins pas d'autre bruit que celui d'une araignée géante en pleine agonie.

Le cœur de Buffy commença à battre la chamade. Où était sa mère ?

L'araignée était à présent sur le dos et battait l'air de ses pattes. Buffy fit un large détour pour l'éviter. Quelques pas plus loin, elle trouva sa mère écroulée sur le sol. Pendant un très court instant, Buffy redouta que sa mère ne soit morte. Elle craignit de ne pas avoir été assez rapide. Puis, elle réalisa qu'elle voyait la poitrine de sa mère se soulever et s'abaisser faiblement. Joyce avait les yeux ouverts et la regardait.

— Maman, il faut vraiment que nous partions *maintenant*.

— Je sais, ma chérie, lui répondit sa mère. C'est juste que… je crois que j'ai besoin de ton aide.

— On va y aller ensemble, Maman, dit la Tueuse.

Elle aida Joyce à se relever, puis lui fit traverser la cave en se dépêchant. Plus elles avançaient et plus il y avait de lumière, comme s'il était officiel que Buffy y voyait clair à présent. Elle avait réussi ses épreuves. Elle voyait où elle allait maintenant.

Plus de trace des tessons de Buffy. Ni de la tête d'Alex.

Il ne restait plus qu'une chose désormais.

Buffy et Joyce parvinrent au bas de l'escalier de la cave. Les cendres du premier monstre avaient disparu, la dernière marche avait été remplacée.

— Allez, dit Buffy d'une voix pressante. On est presque arrivées.

Plus que ces marches et ensuite, elles seraient libres. Buffy passa la première, tirant sa mère derrière elle.

Elle atteignit la porte. Tourna le bouton de la porte.

Elle était verrouillée.

— C'est quoi, ce plan pourri !

Buffy leva la jambe et flanqua un bon coup de pied dans la porte, qui s'ouvrit avec fracas. Buffy passa le pas de la porte, entraîna sa mère à sa suite, puis referma la porte d'un coup de pied. Joyce s'adossa à la porte et s'effondra à nouveau aux pieds de Buffy. Les jambes soudain chancelantes, Buffy se laissa glisser au sol à côté de sa mère.

Elle avait le droit de souffler à présent. Elle avait réussi. Elles étaient sorties de la cave. L'épreuve était terminée. Sa mère était saine et sauve.

J'ai réussi. J'ai gagné.

Elle tourna la tête pour regarder Joyce. Le regard de sa mère était déjà posé sur elle.

— J'espère que ce n'est pas un nouveau soin du visage que tu t'es mis en tête d'utiliser, dit Joyce d'une voix fatiguée, tout en essuyant la substance visqueuse que Buffy avait sur le visage. Parce que si je peux me permettre, cela a une odeur tout simplement infecte.

— Je vais prendre un bon bain dès que je serai rentrée à la maison, lui promit Buffy. (Elle prit la main de sa mère dans la sienne et la serra fort.) On a réussi, Maman. On a gagné. On peut rentrer chez nous.

— *Tu* as réussi, tu veux dire, répondit sa mère. (Elle serra à son tour la main de sa fille.) Je suppose que cela signifie que tu veux que je me relève maintenant.

— A moins que tu ne veuilles rester un petit moment ici.

— Ça ne risque pas, répondit Joyce.

Elles se relevèrent toutes les deux lentement.

— J'ai l'impression d'avoir une méchante gueule de bois, dit Joyce.

— Ah bon ? Parce qu'il y en a de gentilles ? demanda Buffy.

Elle passa son bras sous celui de sa mère. Elles traversèrent la cuisine et se dirigèrent vers le salon.

Joyce regardait autour d'elle, l'air perplexe à la vue du motif floral du papier peint.

— Mon Dieu ! Mais qui peut bien vivre dans un endroit pareil ?

— Personne qui vaille la peine que tu fasses sa connaissance, dit Buffy en se demandant où Némésis pouvait bien être et si l'épreuve était officiellement terminée.

Elle regardait leurs pieds, guidant sa mère, dont les pas étaient encore hésitants, pour descendre les quelques marches qui menaient au salon en contrebas.

— Il faut juste traverser cette pièce, et puis celle de…

— Buffy, dit sa mère d'une voix qui n'était pas celle des bons jours.

Buffy redressa brusquement la tête. Et s'arrêta sur-le-champ.

A l'autre bout du salon, on discernait un corps étendu sur un des inconfortables canapés, pieds et mains liés.

Buffy vit la silhouette lever lentement la tête. Son visage était pâle et cireux. Même de l'endroit où elle se trouvait, Buffy distinguait le léger filet de sang qui s'écoulait d'un côté de sa gorge.

Suz ?

— Buffy ? dit Suz d'une voix rauque. Je croyais…

— Elle croyait avoir tout compris, dit une voix dans le dos de Buffy.

Celle-ci se retourna prestement en entraînant au passage sa mère derrière elle.

— Tout comme toi, du reste, dit Zahalia Walker. Mais si j'étais toi, je ne serais pas aussi sûre de mon fait. Tu ne partiras pas d'ici avant que j'en aie fini avec toi.

CHAPITRE XV

— Attendez ! s'exclama Alex. Je crois qu'il fallait tourner à droite.

— Laisse-moi conduire et épargne-moi tes conseils, répliqua Giles. Il fit un demi-tour aussi adroitement que sa voiture le lui permettait, et il croisa le van d'Oz qui les suivait. Le bruit des freins qui grinçaient indiqua qu'Oz avait également rebroussé chemin.

— Je ne vous donne pas de conseils, riposta Alex. Je vous indique le chemin. Ce n'est pas la même chose.

— Tu veux bien arrêter de jacasser et me laisser me concentrer ? demanda Giles. Je ne connais pas très bien ce quartier de la ville.

— Ça, il n'y a pas besoin d'être devin pour s'en rendre compte… Hé ! hurla Alex tandis que les pneus de la Citroën crissaient en prenant un virage. Vous étiez censé prendre à gauche là, Giles !

— Je me rappelle fort bien que tu as dit qu'il fallait tourner à droite.

— Mais c'était quand nous roulions dans le sens inverse.

— Et merde !

Les mains sur les hanches, Buffy faisait face à la mère vampire.

— C'est quoi, votre problème ? demanda-t-elle. Vous

ne savez pas vous arrêter ? Vous avez réclamé l'épreuve. Vous l'avez obtenue. Vous avez perdu. J'ai gagné. J'ai le droit d'emmener ma mère et de sortir d'ici. Point final. Fin de l'histoire. Et personne n'a dit que vous aviez le droit de vous taper mes amis comme quatre heures.

— Le règlement a subi quelques modifications, dit Zahalia Walker. Personne ne peut tuer mes fils et s'en tirer comme cela, toi y compris, Tueuse. Némésis ou pas. Equilibre ou pas. Tu as passé l'épreuve et tu l'as réussie, mais tu ne passeras pas le pas de ma porte.

— C'est ce qu'on va voir, rétorqua Buffy. Maman, tu y vas. Maintenant.

— Je ne suis pas..., commença Joyce Summers.

— Tu y vas, un point c'est tout ! cria Buffy.

Puis elle baissa la tête et se jeta en courant sur Zahalia Walker.

La mère vampire poussa un grognement lorsque la tête de Buffy percuta son ventre. Elle bascula en arrière, ses mains cherchant désespérément à agripper les épaules de Buffy. La Tueuse se laissa intentionnellement entraîner par la vampire et, une fois à terre, roula sur elle-même. D'une pirouette elle passa au-dessus de la tête de Maman Vampire puis se redressa d'un bond avant de se retourner. Zahalia Walker était toujours en train de se relever.

L'épreuve est terminée. Maman Vampire est une cible idéale. Pourquoi n'ai-je jamais de pieu sous la main quand j'en ai vraiment besoin ?

— Je vais te tuer, la défia Zahalia Walker en se redressant. Je vais te tuer et je vais obliger ta mère à te regarder mourir. Exactement comme il m'a fallu te regarder tuer mon petit Webster. Ensuite je transformerai ta mère en vampire. Tu comprends, il est tellement difficile de trouver un bon partenaire pour jouer au bridge par les temps qui courent.

— Je vous déconseille de vous approcher d'elle, dit Buffy.

— Essaye donc de m'en empêcher.

Buffy s'élança presque avant que la mère vampire ait terminé sa phrase. Elle bondit en décochant un coup de pied circulaire qui déséquilibra la mère vampire. Elle poursuivit en lui assenant un coup de pied dans la poitrine. La vampire fut projetée contre un mur qu'elle percuta avec un bruit sec. L'un de ses poings grassouillets fusa et atterrit en plein dans le visage de Buffy. La Tueuse recula en chancelant.

Aïe !

— Si je dois me faire refaire le nez, je vous préviens que c'est vous qui paierez.

Zahalia Walker se mit à rire.

— Une fois que j'en aurai fini avec toi, Tueuse, tu ne penseras plus à ton nez. Tu n'auras plus de visage.

Du coin de l'œil, Buffy entrevit subrepticement du mouvement. Sa mère avait détaché les bras de Suz et s'employait à lui libérer les jambes.

Bravo, Maman !

La mère vampire entreprit de s'esquiver en douce vers Joyce et Suz. Buffy se déplaça pour lui barrer la route. Il fallait à tout prix qu'elle reste entre elles.

Cette créature n'aura pas ma mère.

— Pourquoi donc ne m'attaques-tu pas, Tueuse ? demanda Zahalia Walker. Commencerais-tu à fatiguer ? Moi, je peux tenir toute la nuit. J'ai l'éternité devant moi. Tu ne peux pas en dire autant. Tu es mortelle.

— Vous aussi à votre façon. Mortellement ennuyeuse, pour être exacte.

Pourquoi faut-il toujours que je tombe sur les vampires qui aiment jacter ?

Mais, même si cela lui coûtait de l'admettre, Maman Vampire avait raison. Buffy était bel et bien mortelle. Et elle était bel et bien fatiguée. Elle avait les bras lourds. Et n'était plus très assurée sur ses jambes.

— Et qu'est donc cette matière dégoûtante qui laisse des traces partout sur ma belle moquette ? poursuivit la mère vampire. Tu as été élevée chez les cochons ou quoi ? Il va falloir que j'en touche un mot à ta mère. Avant que je ne boive son sang, bien entendu.

Buffy jeta un autre regard furtif à sa mère par-dessus son épaule. Suz avait les jambes libres à présent. Joyce essayait de faire circuler son sang en les lui frottant. Buffy commença tout doucement à se déplacer vers un coin du salon où elle avait repéré une petite table accolée à un mur.

Suz et Joyce étaient maintenant debout et se dirigeaient vers l'entrée.

— Tu ne crois quand même pas que je vais les laisser s'en aller, dis-moi ? demanda la mère vampire.

C'est maintenant ou jamais, se dit Buffy.

Elle bondit vers la table au moment même où Zahalia Walker se jetait sur elle. Elle percuta Buffy de plein fouet. Elles retombèrent toutes les deux sur la petite table qui vola en éclats. Buffy alla violemment valser contre le mur avant de glisser à terre. Lorsqu'elle retomba sur le sol, le souffle coupé, elle sentit des éclats de bois pointus enfoncés dans son dos.

Ce n'est pas dans ta peau à toi qu'il faut enfoncer un pieu, idiote ! La vampire ! La vampire !

Buffy avait plein de bouts de bois à disposition maintenant. Le plus dur serait de les utiliser. Il lui fallait d'abord reprendre son souffle. Ensuite elle devrait se débarrasser de la vampire affalée sur elle.

Zahalia Walker attrapa Buffy par les cheveux. Elle souleva la tête de la Tueuse et la cogna violemment sur le sol. Une fois. Deux fois.

— Ça, c'est pour Webster et Percy, déclara la mère vampire.

Elle cogna la tête de Buffy une troisième fois et la fit brusquement tourner sur le côté. La Tueuse sentait son pouls battre à tout rompre. Elle essaya de se dégager d'un coup de reins, mais elle était clouée au sol par le corps massif de Zahalia Walker.

— Et ça, dit celle-ci en rapprochant son visage de celui de Buffy et en ouvrant les mâchoires, ça, c'est pour moi.

— Je vous demande pardon.

Buffy voyait toujours trente-six chandelles, mais elle distingua une main qui tapait sur l'épaule de la mère vampire.

— Excusez-moi, poursuivit la voix qui était familière à Buffy. Je suis désolée de vous importuner.

Zahalia Walker se retourna en poussant un grondement féroce. Manifestement, les convenances qui avaient régi sa conduite pendant toutes ces années étaient plus fortes que tout, même que l'instinct qui la poussait à tuer.

— Quoi ? demanda-t-elle d'une voix hargneuse.

— Ça, répondit Joyce Summers.

Quelques instants plus tard, Buffy se retrouva sous un tas de cendres de vampire. Suz Tompkins était debout au-dessus d'elle, serrant dans son poing un pied de table dont l'extrémité pointue était dirigée vers Buffy.

— Ça, c'était pour Leila et Heidi.

— Bien joué, dit la voix de la Compensatrice.

— Il était temps que vous arriviez, dit Buffy. La notion de fair-play, ça ne vous dit rien, par hasard ?

Elle se redressa pour s'asseoir, puis laissa Suz l'aider à se mettre debout. Buffy se sentait absolument crasseuse. Les cendres de vampire collaient maintenant à la substance baveuse de l'araignée.

Elle entendit un fracas dans le hall d'entrée. *Quoi encore ?*

— Vous avez intérêt à ce que ça ne soit pas une de vos connaissances, dit-elle à la Compensatrice.

Les yeux écarquillés, elle vit Angel entrer d'un bond dans la pièce, suivi de près par Giles et Willow. Oz était sur les talons de Willow. Et Alex sur les talons de… tous les autres.

Giles trébucha et s'arrêta net en voyant Némésis.

— Ah, dit-elle en souriant de toutes ses bouches, vous devez être le fidèle Observateur.

— La Compensatrice, je présume ? dit Giles d'une voix calme.

Buffy entendit sa mère qui s'étranglait de rire.

J'ai réussi, se dit-elle. *Cette fois, j'ai vraiment gagné.*

— J'ai l'impression que la cavalerie vient tout juste d'arriver, déclara Joyce.

Buffy regarda ses amis en souriant.

— Salut, les jeunes. Vous êtes pile synchros.

CHAPITRE XVI

— Mais je ne pige toujours pas pourquoi la déesse Némésis la Compensatrice machin chose n'est pas intervenue quand la mère vampire a attaqué Buffy, dit Alex. C'est carrément pas cool comme plan.

Cela se passait environ une heure plus tard, et tous ceux impliqués dans les événements de la nuit étaient assis dans la cuisine des Summers et engloutissaient d'énormes coupes de glace. Tous, sauf Angel et la mère de Buffy.

Joyce avait invoqué une fatigue extrême et était allée se coucher. Et le lever du soleil était un tout petit peu trop proche pour qu'Angel puisse être complètement détendu et se laisse aller à manger des produits laitiers glacés dans la cuisine de Buffy.

Et puis surtout, il ne faut pas oublier le fait que les vampires ne mangent pas de glaces.

— A vrai dire, dit Giles en avalant la dernière cuillerée de sa glace napolitaine, j'ai trouvé l'explication de Némésis notablement succincte.

— Ce qui explique sans doute pourquoi je n'y comprends toujours rien, approuva Alex en hochant la tête.

— Il essaye de dire que tout est ma faute, dit Suz Tompkins.

Suz s'était jointe à eux car Buffy avait insisté pour qu'elle vienne chez elle avec la bande. D'abord, elle avait eu besoin de quelques soins de première urgence, dont Joyce et Giles s'étaient chargé. De plus, Buffy devait se douter que Suz avait quelques questions à lui poser.

— Bien au contraire, riposta Giles. La mère vampire était complètement obsédée par ses fils. D'après moi, bien que Buffy ait gagné l'épreuve, elle n'a jamais eu l'intention de la laisser s'en sortir indemne.

— J'ai la chair de poule rien que d'y penser, dit Willow en frissonnant.

Buffy observait Suz dont le regard allait de Willow à Giles.

— J'ai encore du mal à croire que t'as vraiment fait de la voyance, Will, dit-elle. C'était super risqué.

— Oui, répondit Willow en hochant doucement la tête. Je sais. Mais ça va maintenant. J'ai complètement récupéré. Toujours la meilleure et toujours incollable !

— Sur Némésis, lui souffla Alex.

— Bon, dit Giles. Sérieusement. Je trouve qu'il y a une sorte de logique au fait que... (il jeta un coup d'œil à Suz, comme s'il ne savait pas comment l'appeler) ... que mademoiselle Tompkins ait tué la mère vampire. Après tout, ce sont ses fils qui ont... (Sa voix s'estompa.)

— ... tué mes amies, conclut Suz à sa place.

— Oui, dit Giles. (Il posa sa cuillère dans sa coupe à glace vide.) Bon. Que tu aies pu tuer la mère vampire boucle la boucle. Pour l'affaire dans son ensemble, et pas seulement en ce qui concerne le conflit entre Buffy et Zahalia Walker. Cela a rétabli l'ordre. L'Equilibre. J'imagine que Némésis était plutôt satisfaite du résultat final.

— Soit ça, soit tout était truqué depuis le départ, dit Buffy.

— Oui, concéda Giles. Cela pourrait également être le cas.

Il se leva et se dirigea vers l'évier avec sa coupe à glace. Il la rinça et la posa sur l'égouttoir à vaisselle.

— Qu'est-ce que vous faites ? lui demanda Buffy.

— La vaisselle, répondit Giles. Cela fait partie des réflexes qu'on prend quand on vit seul. Bon, je crois qu'il est l'heure d'y aller. Je vous rappelle qu'il y a cours demain.

— Je ne me sens pas très bien là, tout d'un coup, dit Alex.

— On te ramène ? demanda Oz à Suz.

Willow et lui se levèrent et déposèrent leurs coupes à glace dans l'évier.

— Non merci, répondit Suz sèchement en se levant aussi.

— Dis, Buffy, on n'est pas *obligés* de faire la vaisselle ? demanda Alex. Parce que j'suis pas bien sûr d'avoir acquis la technique de base.

— Laisse, dit Buffy.

Elle raccompagna ses amis à la porte.

— Merci pour la glace, dit Willow.

— Ouais, renchérit Alex. Ça le fait toujours ces petites douceurs bourrées de calories.

Oz passa un bras autour des épaules de Willow :

— A plus.

Oz, Willow et Alex descendirent l'allée de la maison de Buffy.

— Oui, bon, dit Giles. Hum, l'un dans l'autre, je dirais que cela a été une bonne nuit de travail.

Il emboîta le pas aux autres et monta dans sa chère Citroën.

— Tu es sûre que tu ne veux pas que quelqu'un te raccompagne ? demanda Buffy à Suz qui s'attardait avec elle sur le pas de la porte. Je pourrais demander à Giles.

Elles regardaient toutes les deux Giles qui faisait

démarrer son antiquité. De la fumée s'échappait de l'arrière.

Suz secoua la tête :

— Je serai plus vite rentrée à pied.

— Je reconnais que Giles n'est pas franchement le genre pilote viril du troisième millénaire. Mais c'est un type assez cool.

— Dis-moi..., commença Suz tandis que les voitures s'éloignaient. Ce soir...

Nous y voilà, pensa Buffy.

— Oui, quoi ?

— Cette chose que j'ai tuée était vraiment un vampire, pas vrai ?

— Oui, répondit simplement Buffy. C'en était vraiment un.

— Et c'étaient bien ses fils qui ont tué mes amies ?

Buffy acquiesça d'un signe de tête.

— Tu les as démolis.

— Je les ai pulvérisés comme il faut. C'est un genre de terme technique spécial que nous utilisons pour dire tuer un vampire.

— La mère vampire t'a appelée... elle te donnait un nom spécial.

— La Tueuse, répondit Buffy.

— Et c'est quoi, ça ? Un truc que tu fais pour t'éclater ?

— Non, répondit Buffy. Pour m'éclater, je vais au ciné et je mange plein de pop-corn. La Tueuse, c'est ce que je suis. C'est un peu comme mon boulot.

— Et Monsieur Giles, il est quoi ? Ton patron ?

— Disons plutôt une espèce de superviseur, répondit Buffy.

— Et tes amis savent... qui t'es. Et même, ils t'aident.

Buffy hocha la tête :

— Ça fait partie de notre concept de l'amitié.

Suz la regarda d'un air fatigué :

— En fin de compte, on peut dire qu'on n'est pas si différentes que ça, dit-elle. Tu as tes amis, j'ai les miens.

Avais, pensa Buffy.

— Ouais, mais de toute évidence, on a une fascination pour le piercing très différente.

Suz sourit.

— Je suis désolée pour Heidi et Leila, dit Buffy. *Maintenant je sais comment je me sentirais à ta place*.

— Ouais. Merci.

— Ça va aller ?

— Pas de problème. Merci d'avoir satisfait ma curiosité.

Alors, comme si tout avait été dit, Suz commença à descendre les marches. A mi-chemin de l'allée, elle s'arrêta.

— Buffy, dit-elle en se retournant.

— Ouais ?

— Garde bien l'Equilibre.

— Je vais essayer, répondit la Tueuse.

Buffy sourit en regardant la fille en veste de camouflage disparaître dans la nuit.

Achevé d'imprimer sur les presses de

BUSSIÈRE

GROUPE CPI

à Saint-Amand-Montrond (Cher)
en août 2001

FLEUVE NOIR
12, avenue d'Italie
75627 Paris Cedex 13
Tél. : 01-44-16-05-00

— N° d'imp. 14678. —
Dépôt légal : septembre 2001.

Imprimé en France